¡Las brujas no besan!

Hortense Ullrich

¡Las brujas no besan!

edebé

Título original: *Hexen küsst man nicht!*

Paseo de San Juan Bosco, 62
08017 Barcelona
www.edebe.com

Directora de la colección: Reina Duarte
Diseño de cubiertas: Francesc Sala
Dibujos de cubiertas: Óscar Jiménez (Agencia Plan B)
Traducción: Soraya Hernán-Gómez

1.ª edición en este formato, abril 2005

ISBN 84-236-7444-4
Depósito Legal: B. 2020-2005
Impreso en España
Printed in Spain
EGS - Rosario 2 - Barcelona

Domingo, 5 de marzo

¡Un diario! ¡Estupendo...! ¡Lo que me faltaba!

«¡Querida Josefina! Cuando yo atravesé la edad del pavo, mi diario fue para mí el acompañante más importante», escribe mi tía y me envía un libro en blanco.

¡Hay que ver...! ¡Un diario! En fin, al menos es mejor que los lamentables pijamas que suele regalarme. Creo que es la única persona que ha conseguido pasar del diseño de bebé, es decir, ositos y gatitos, al diseño sénior de la marca floripondios varios, sin enviar jamás un pijama que se aproxime mínimamente a mi gusto.

Para colmo, a mi madre le encantan sus regalos y siempre dice: «Ay, Yoyo, esto sí que es una monada. No me imaginaba que hoy en día se pudieran encontrar aún cosas así.» ¡No me digas que no es patético!

Y ahora toca un diario. ¿Quién escribe en un diario existiendo los ordenadores? Hoy en día ya no se encuentran diarios en ninguna mesilla de noche. Además, si ni siquiera las mesillas de noche están de moda.

El caso es que las madres curiosas ya no registran las habitaciones de sus hijas con el fin de encontrar diarios, sino disquetes con grabaciones secretas. Por eso, se inventaron los *passwords*. Y es que cada vez más padres adquieren asombrosos conocimientos de informática. Algunos incluso han superado ya el nivel de conexión y desconexión de un ordenador. Se dice incluso que, mientras nosotros ignorantes estamos en el colegio formándonos para el futuro, ellos pasan el tiempo sentados frente al ordenador jugando a esos juegos que después continuamente nos están prohibiendo. En fin, da igual.

¿Qué voy a hacer yo con un diario?

«A tu diario puedes contarle cosas que nadie más debe saber», escribe mí tía.

Sólo que en mi caso no hay nada que otros no deban saber. Mi vida es como un libro abierto, o mejor dicho, como un libro en blanco.

¡Mi vida es apestosamente aburrida!

Tengo la hermana pequeña más crispante del mundo, la madre más caótica del mundo y las compañeras de clase más estúpidas del mundo, y eso puede saberlo todo el mundo, así que, ¿para qué quiero yo un diario?

Por cierto, que esto no siempre fue así. Quiero decir, lo de la hermana y la madre, sí; pero lo del colegio, no. No hace mucho, todo era completamente diferente.

Y la única culpable de que ya no sea nada como antes es esa estúpida de Serafina. Ella fue la que nos dividió en adolescentes guays y las que no lo son. ¿Pero a qué grupo pertenezco yo? ¡A las no guays!

Hasta su llegada el tema de si se era o no guay no era una cuestión de peso. Había gente que era muy maja, a otros les faltaba algún que otro tornillo, pero de alguna manera me llevaba bien con todos. ¡Y ahora esto!

De repente no soy guay, así que me paso las tardes sola en casa. No me lo puedo creer.

Hasta que apareció esa víbora de Serafina todo iba estupendamente. Después de clase, Linda, Isabel, Julia y yo quedábamos para salir. A veces también venían otras chicas, y a veces nos acompañaban chicos de nuestra clase. Quedábamos desenfadadamente, como amigos. Salíamos con las bicicletas o los patines o íbamos a ver los caballos a las cuadras. Todo era paz y armonía.

Luego llegó la nueva a nuestra clase: Serafina.

Primero preguntó como una chica buena si podía acompañarnos, y nosotros dijimos que sí. Claro, ¿y por qué no? Al fin y al cabo somos buena gente, al contrario que Serafina. Al principio fingía que todo le molaba, sobre todo los caballos. Luego, poco a poco, comenzó, como el que no quiere la cosa, a abrirnos los ojos y a descubrirnos que vivíamos completamente desfasados.

Nadie con trece años leía todavía revistas de caballos y cómics existiendo las revistas para adolescentes. Además, uno ya no decoraba su habitación con pósters de caballos, sino con pósters de cantantes y actores de moda. Y el tema principal a nuestra edad no era el de tejer pulseras de la amistad, sino: CHICOS. Pero no cualquier chico, no. Debía tener al menos quince años. Era completamente ridículo dejarse ver por ahí con los chicos de nuestra clase. ¡Si ésos todavía son unos críos!

Nosotras escuchamos todo muy atentamente. ¡Oye, y por qué no! Siempre se puede aprender algo nuevo, ¿no? Así fue cómo Serafina nos introdujo en el mundo de los adolescentes guays y nos dio consejos de maquillaje y vestuario.

A mí me dio la impresión de que se estaba pasando tres pueblos y que presumía demasiado, así que le dije que en realidad hasta ahora nos las habíamos apañado muy bien sin sus consejos.

Serafina lo aceptó con una sonrisa, pero entonces se dispuso a dar el golpe decisivo y de forma tan sutil, que ninguna nos dimos cuenta de lo que estaba pasando.

De repente, Serafina se había convertido en la portavoz de nuestro pequeño grupo de las tardes y ella opinó que no se podía consentir que cualquiera se colgara de nuestras faldas. Luego anunció que iba a fundar un club en el que sólo se admitirían como socias chicas guays. A mí me pareció una estupidez, pero estaba convencida de que, con lo de las chicas no guays, se refería a Andrea, Gabi y Sofía. Bueno, en realidad, a ésas se refería, pues las excluyó desde un principio, ¡pero lo peor fue que a mí también me incluyó en el lote!

Sus criterios para la admisión fueron los siguientes: nos preguntó de quién estábamos enamoradas. Yo enseguida contesté que de nadie. En primer lugar, porque es cierto; y en segundo lugar, si lo hubiera estado, seguro que no lo contaría, y menos a Serafina. Además, todos los chicos me parecen unos bobos.

Con ello me había excluido yo misma del club, porque Serafina opinaba que quien no estuviera enamorada aún era una cría y, por lo tanto, no se le había perdido nada en su club.

Después les preguntó a Julia, Linda e Isabel. Ellas fueron más listas. No quisieron cometer ningún error y le preguntaron a Serafina con mucha cautela qué chico le gustaba a ella.

Ella les contestó que eso estaba más claro que el agua. En el colegio sólo había un tipo guay: BJ, el cantante del grupo musical de nuestro colegio.

BJ tiene quince años y va a tercero de Secundaria. En realidad se llama Bernardo-Juan, pero no permite que nadie le llame así, ni siquiera los profesores. Sufre de americanismo e insiste en la pronunciación americana de sus dos iniciales. En fin, que a ninguna de nosotras se nos habría ocurrido hasta entonces enamorarnos de él.

Entonces mis ex amigas dijeron todas a coro que a ellas ése también les molaba un montón y que estaban enamoradas de él desde hacía ya mucho tiempo.

Serafina asintió satisfecha y les dijo a las demás chicas que ellas no eran guays (a mí también me incluyó en el bote), y que el club ya estaba completo, pero que si nosotras queríamos podíamos formar nuestro propio club.

—Tal vez un club de caballos —dijo, pero su tono no fue muy agradable ni animador.

Yo le dije que a mí los clubes de todas formas me parecían una tontería.

Entonces Serafina se encogió de hombros y dijo altiva:

—Como quieras.

Se enganchó de los brazos de mis amigas y se esfumó.

¡Genial! Ahora mi vida no sólo es apestosamente aburrida, sino que además ha llegado a su fin.

Al menos cuento con un diario. Ja..., ja..., ja...

Lunes, 6 de marzo

Ayer por la noche vino Linda una vez más a mi casa. Naturalmente a escondidas, no vaya a ser que se entere Serafina. Linda tiene miedo a ser expulsada del club si habla con adolescentes que no son guays.

Me rogó que hiciera el favor de esforzarme en ser un poco más guay. Me dijo que no fuera tonta, y que me enamorara de una vez por todas de BJ, ya que si Serafina se daba cuenta de ello, seguro que me ofrecía ingresar en su club.

Lo que ocurre es que Linda me echa de menos. Dice que todo sería más divertido si yo también estuviera en el club.

Lo pensaré.

Tal vez le haga el favor a Linda.

Martes, 7 de marzo

Ya me he decido.

Yo también voy a enamorarme de BJ. Claro que lo hago sólo por hacerle un favor a Linda y no por el estúpido club de Serafina, que en realidad es algo así como un BJ-Serafina-Fan-Club. Si no estás todo el día embobada admirando a BJ, a Serafina le da algo.

A Linda una vez se le ocurrió decir que también le gustaba Patrick y Serafina empezó a burlarse de ella. Entonces Linda dijo que lo había dicho de broma y que en realidad estaba colada por BJ. A lo que Serafina le contestó que le quitaba un peso de encima, pues seguro que la hubiera echado mucho de menos cuando no estuviera en su club.

En otra ocasión, Linda dijo que Justus le parecía guay, a lo que Serafina le contestó que eso no podía ser, ya que Justus era su hermano y que hiciera el favor de atenerse a las reglas del club.

Otra de las reglas decía que había que escuchar atentamente a Serafina cuando ésta hablaba. Y es que ella da charlas a sus seguidoras durante todo el recreo sobre cómo funciona la vida, y por las tardes, hace preguntas sobre ello. En serio, es que es increíble. Para poder permanecer en el club de Serafina hay que hacer los deberes que ella pone. Ayer, sin ir más lejos, Isabel no supo contestar enseguida cómo se conseguía un *look* húmedo (había confundido la gomina con la laca) y Serafina, ni corta ni perezosa, le entregó una advertencia por escrito. Isabel rompió a llorar y Linda tuvo que consolarla durante un buen rato.

Serafina tiene autógrafos de todos los grupos musicales más importantes, sabe lo que desayunan las estrellas, dónde pasan sus vacaciones y quién está actualmente reñido con quién. Sabe lo que hay que ponerse para conquistar a las estrellas masculinas del cine, cómo se les rompe después el corazón y cómo hay que arreglarse el pelo para que se enamoren de una los quinceañeros.

Resumiendo: Serafina es guay. Eso lo afirma ella misma y también las demás chicas del club, supongo que porque esperan que así se les pegue algo de lo guay de Serafina.

A mí tampoco me vendría mal ser un poco más guay. Pero de esa deficiencia tiene la culpa mi madre. Ella se encarga sistemáticamente de que yo destaque por ser totalmente lo contrario.

Cuando llueve, como siempre me olvido del paraguas y las botas de lluvia, ella me las trae ¡al colegio! Y en el invierno, la bufanda y el gorro.

Ni siquiera se le ocurre pensar que pueda tener razones de peso para dejarme olvidadas esas ridículas prendas en casa.

Pero eso no es ni mucho menos lo peor de todo. El problema es cómo entra en clase para dármelas. Las madres normales seguramente colgarían las prendas en los percheros que hay delante de cada aula. Pero no mi madre. Ella tiene que entrar siempre en el aula, y además, ¡en mitad de clase! Y cómo lo hace, os estaréis preguntando, pues a hurtadillas, pero como lo haría un elefante en una cacharrería, es decir, se desliza por la clase haciendo un ruido espantoso. La primera vez, todos creyeron que se trataba de un ladrón algo patoso, pero ahora algunos ya la saludan con un: «Hola, señora Domingo», cuando se acerca a hurtadillas hasta donde me encuentro.

Entonces, si los profesores al verla interrumpen su clase, ella les hace señas con las manos y susurra: «No, no, siga, siga. Haga como si yo no estuviera. Si yo ya me voy.»

Luego se acerca a mí, me dice a un volumen de 130 decibelios que me ha traído mis cosas y me abraza como si hiciera un año que no me viese, y entonces vuelve hacia la puerta de salida, no sin antes tropezar con al menos tres carteras. Cuando por fin ha conseguido alcanzar la puerta, se gira nuevamente y me lanza besitos con la mano hasta que los profesores no tienen más remedio que preguntarle si se encuentra bien.

A lo que mi madre asiente afanosamente: «Sí, sí, todo en orden. La niña sólo se había olvidado las botas de lluvia. Ya no le molesto más. Vamos, que ya me he ido.»

Luego, intenta abrir la puerta, pero siempre del revés. Es decir, que empuja la manivela hacia abajo, abre un poco la puerta, y luego la vuelve a cerrar con un gran estruendo. Entonces ella se gira con cargo de conciencia y dice: «Puerta de seguridad, ya lo sé, se abre hacia fuera. Siempre me ocurre lo mismo.» Y por fin, se marcha tras haberme dejado una vez más en el más absoluto de los ridículos. Incluso los profesores han considerado necesario poner un letrero en la puerta que diga: «EMPUJAR». Y estoy segura de que ha sido pensado especialmente para mi madre.

Después, cuando ya han pasado varias semanas y la mayoría ya no se acuerda de la actuación anterior de mi madre y han dejado de tomarme el pelo, vuelve ella a asomar la cabeza por la puerta y la función comienza de nuevo.

Oye, y ahora, en serio, ¿quién en todo el universo sería capaz de actuar de ese modo? Sólo alguien que quiere destruir a su hija en sociedad.

Viernes, 10 de marzo

Ya llevo tres días enamorada de BJ y funciona bastante bien. Siempre que lo veo, le miro con ojos de ternero y suspiro profundamente, cuando Serafina está cerca, claro.

Pero ella aún no me ha ofrecido ingresar en su club. Sólo me ha dicho:

—Nena, quítate a ése de la cabeza.

Ahora sí que no entiendo nada, ¿qué es esto? ¿Una especie de prueba de admisión al club?

Yo le contesté:

—¡Puedo enamorarme de quien yo quiera!

A mí me pareció que sonó bastante guay.

Lunes, 13 de marzo

Odio a Serafina.

Le ha dicho a BJ que yo estoy colada por él. Qué canallada. Y Serafina ha dicho que él le dijo que le dejara en paz con esas niñerías, que él ni siquiera sabía quién era Yoyo.

¡Qué vergüenza!

Entonces dijo Serafina que no le convenía que la vieran conmigo. Que temía por su buen nombre, porque yo no era lo suficientemente guay.

¡Será estúpida y engreída esa cerda! Igual se piensa que es supermegaguay. Me entran náuseas. Parlotea con su golpe de pestañas pringadas de rímel. Sí, sí, con rímel, lleva más máscaras de ojos en la cartera que rotuladores.

Y cuando le interesa algo de alguien se deshace literalmente en dulzura. Cualquier diabético entraría directamente en coma.

Ni siquiera los profesores se dan cuenta de su juego. Pedagogos licenciados, ¡bah! ¡Si ella los engaña como a enanos! Cuando los profesores no miran, Serafina provoca a todo aquel que no pertenece a su club. Es mala y traicionera. Y todos se aguantan.

Alguien debería hacer algo.

Martes, 14 de marzo

Desde hoy está sentada a mi lado.

Lo ha conseguido haciéndole la rosquilla a nuestro tutor.

En realidad lo considera una humillación sentarse junto a alguien como yo, que ni siquiera domina el ABC del maquillaje. Pero como aparte de eso no tiene más que paja en la cabeza, necesita a alguien a quien copiar. Y como las gallinas, me refiero naturalmente a sus amigas, porque cuando se juntan cacarean y borbotean como las gallinas, también tienen el cerebro aproximado al de una gallina... Ésa es la razón por la que Serafina me ha elegido a mí. Además, en Matemáticas no hay quién me gane. Así que cuando el profesor Baumann le dijo a Serafina que si no mejoraba sus resultados en Matemáticas lo tendría bastante crudo, ella empezó a embadurnarme en caramelo. Incluso me invitó a su fiesta de cumpleaños.

«Yoyo, querida, si no fuera por ti», dice siempre en un tono totalmente teatral (ve demasiadas telenovelas), mientras agarra mi cuaderno de Matemáticas y comienza a copiar los deberes. A mí todo esto me deja descolocada.

Jueves, 16 de marzo

Nunca debería haber ido al cumpleaños de Serafina.

Y sobre todo no debería haber hecho caso de mi madre.

—Yoyo, cariño, ¿por qué no le pintas un cuadro?

Odio cuando me llama así. ¡Jo! Ya tengo trece años... y no soy «su cariño».

—Es un regalo personal y con lo bien que tú pintas... A ella le gustan los caballos, ¿no? ¿No estabais siempre en las cuadras?

Y tonta de mí, no lo pensé más y copié de uno de mis pósters de caballos, un *Lipizano,* raza favorita de Serafina. Al menos eso era lo que decía. Quedó realmente genial. De verdad.

Pero eso no fue lo que opinó Serafina. Vaya cara que puso. Qué corte. Y delante de todos.

Esbozó una sonrisa estúpida y dijo en tono empalagoso:

—Vaya, ¿es que no sigues más que teniendo caballos en la cabeza?

Luego les echó a las demás gallinas una mirada muy significativa y, cogiéndolo con dos dedos, colocó mi cuadro junto al papel de regalo usado.

Las gallinas se troncharon de risa con sus cacareos y gorgoritos y yo sólo pensé: «¡Tierra trágame!»

Mira que soy tonta. Tendría que haberlo sabido.

Pero la única culpable es mi madre.

¿Cómo puede aconsejarle a su hija de trece años que le pinte a una adolescente guay un cuadro como regalo de cumpleaños? No me digas que no es para volverse loca.

Si mi madre no me hubiera retirado la paga del mes, le podría haber comprado a Serafina un CD. Pero no, la semana pasada le volvió a entrar el ataque educacional y pensó que lo mejor sería darme una lección.

Sólo porque confundí los trajes.

El tema fue el siguiente: mi madre trabaja para el teatro. Me llamó desde allí. Nerviosa e histérica, como siempre. Creo que ya vino así al mundo, despistada, nunca tiene las cosas bajo control.

—Yoyo, cariño, tienes que hacerme un favor. Tráeme en seguida el traje de bruja al teatro infantil. Me lo he dejado en casa y la función comienza ya mismo.

Queda claro, pues, que fue ella la que lo estropeó todo. Pero da igual.

La cuestión es que lo hice, aunque me confundí de traje. Cosas que pasan, y la bruja de Hansel y Graetel se vio ante su casita de chocolate con un traje rococó. Fue graciosísimo. A mí me pareció muy acertado. Pero a mi madre, no tanto. Estaba convencida de que lo había hecho a propósito. A mi edad, así decía, se podía distinguir perfectamente entre un traje rococó y uno de bruja.

A mí el traje de bruja me pareció bastante feo y raído. El otro estaba mucho mejor. ¿Cómo iba yo a saber que iban a ser tan quisquillosos con estas cosas?

La cuestión es que a mi madre le montaron una buena bronca. Y, como es natural, luego me la montó ella a mí.

Mi madre diseña y confecciona trajes para el teatro. Desde casa.

Me pregunto por qué no podrá trabajar todo el día en una oficina como hacen las madres normales. Está claro, porque mi madre no es normal. En mi casa nada funciona como en las casas de los demás. Yo sólo conozco las horas de comidas reguladas y las comida caseras de la televisión.

Mi madre es un perfecto caos y siempre se sorprende cuando digo:

—Tengo hambre.

—¿Otra vez? —pregunta entonces fuera de sí—, si acabas de comer.

—Sí, pero eso fue hace siete horas, además sólo comí un cuenco de cereales a la hora del desayuno.

Al inventor del horno microondas le debo mi supervivencia, porque mi madre aún no ha descubierto qué función tiene una cocina en la casa. Cose trajes excepcionales y no pilla la receta de los huevos revueltos.

Pero todo esto también tiene su lado bueno. Por ejemplo, mi madre cree que un bocadillo de ositos de gominolas tiene un montón de vitaminas, porque un día le dije que los colores procedían del zumo de frutas del que se fabricaban. De modo que los ositos de gominolas en nuestra casa son sinónimo de fruta.

Además, mi madre sobre todo y ante todo me adora. Haría cualquier cosa por mí, y su única meta en la vida es hacerme feliz.

Eso sí, siempre que no haya leído recientemente uno de sus libros educativos, ésos que son tan ilustrativos. Porque entonces intenta cortar todo por lo sano. Recorre la casa buscando dónde y cómo atajar cualquier elemento en pro de la educación.

—Josefina, aún no has hecho los deberes. Apaga ahora mismo la televisión.

Y cuando yo me retiro cabizbaja y triste a mi habitación, viene corriendo tras de mí y me dice:

—Perdona, cariño, no era mi intención. Pero tienes que entender que...

Luego, digo yo:

—Sí, mamá, tienes toda la razón.

El hecho de que yo lo comprenda y encima le dé la razón la descoloca por completo, y entonces me dice que me deja terminar de ver lo que estaba viendo y que haga los deberes después.

Yo digo que no.

Ella insiste.

Y si juego bien mis cartas, termina rogándome que además de mi programa favorito me pase media hora más viendo videoclips musicales. Yo me doy por vencida y ella se siente muy orgullosa de su método educativo. Para entonces, como es natural, el tema de los deberes ha quedado completamente olvidado.

Pero eso no importa, porque en lo que se refiere al colegio de todas formas no se entera.

En la última reunión de padres se pasó todo el rato sentada en un aula equivocada. En la de sexto.

Cuando fue a despedirse de la profesora y le dijo que yo no le había contado que habían cambiado de tutora, ésta se la quedó mirando sonriendo fríamente:

—Señora Domingo, su hija Josefina no está en mi clase. Ni siquiera está en este curso. Su hija va a primero de Secundaria.

Y mi madre, en vez de sentirse abochornada, sólo le respondió toda sorprendida:

—¿Ah, sí? Díos mío, ¡cómo pasa el tiempo!

Así es ella. Un caso perdido. La cuestión es que ha elegido un trabajo que puede hacer desde casa y con ello me estropea a mí todas las tardes. Y encima ella le da una explicación pedagógica:

—Los niños deben sentir que su madre siempre está a su disposición.

A eso se le llama compensación. Tiene cargo de conciencia porque su marido la dejó plantada con dos niñas pequeñas. ¡Oye!, que eso es completamente normal. Yo no conozco a ninguna familia que aún sobreviva con los componentes iniciales.

Bueno, excepto la de Serafina. En casa de los Meiers es todo como en las películas de la tele: paz y armonía. Su padre aún vive con ellos. Pero estoy segura de que es sólo porque tiene miedo a su madre, pues ésta jamás le consentiría que se esfumase. Y es que menudo dragón está hecho. Igualita que la hija.

El único que se salva es el hijo. Justus es un verdadero encanto. Tiene quince años y va a la misma clase que BJ. Estoy convencida de que Serafina ha obligado a su hermano a hacerse amigo de BJ para tener más posibilidades de ligárselo.

Cuanto más practico esto de estar enamorada, mejor me sale. BJ es taaaan guapo. ¡Qué raro que no me haya dado cuenta antes! Tiene un grupo musical propio y cantidad de actuaciones. Por eso muchas chicas están coladas por él. Sobre todo, Serafina. Ella cree que BJ le pertenece porque se cree la más guapa. Quiere ser modelo y siempre dice que los músicos se casan con las modelos. Sólo hay que leer las revistas del corazón para enterarse de lo que ocurre en el mundo.

Evidentemente BJ también estuvo en la fiesta de Serafina, y eso que no quería, pero Serafina es tan ocurrente. Y naturalmente se enteró del ridículo que hice con mi cuadro del caballo.

Serafina había invitado a BJ y a un par de chicos de su banda a su cumpleaños, pero éstos dijeron que no.

Por ello, Serafina pospuso su fiesta exactamente al día en el que BJ se había citado con Justus en su casa.

Al principio se hizo la sorprendida: «Qué casualidad», y todo eso, y después, hizo el papel de agradecida porque BJ había venido de propia inciativa a su cumpleaños. Y para colmo consiguió que él le cantara una serenata. Las gallinas no cabían en sí de tanto enamoramiento y admiración. A mí Serafina me estaba crispando tanto los nervios que casi se me olvida que yo también estoy enamorada de BJ.

Claro que desde que esas imbéciles se han reído de mi cuadro, estoy arruinada. BJ se ha enterado de todo y ahora seguro que nunca me va a encontrar guay.

Por si fuera poco, luego también se metió Justus por en medio. Volvió a pescar mi cuadro de entre el papel usado, lo miró detenidamente, como si fuera un experto, y comentó que había encontrado las instrucciones de cómo montar una lavadora, por si alguien las estaba echando en falta. Hasta yo tuve que reírme, Justus es tan gracioso.

Pero después me dijo en voz baja:

—A mí me parece realmente bueno. Tienes mucho talento.

Y eso de qué me sirve, si BJ no me encuentra guay.

Serafina tiene suerte.

Empezando por su hermano mayor. Siempre hay un montón de chicos en su casa. Y claro, por eso está siempre tan rodeada de gallinas tontas que se pasan el día cacareando a su alrededor. Como ella les promete dejarles echar un vistazo a su hermano mayor y a sus amigos...

A veces incluso convence a su hermano para que se las lleve a ella y a sus gallinas al cine. Me pregunto cómo lo hace. Porque Justus es demasiado majo como para ir por ahí tirando de su descerebrada hermana.

Pero ahora no vayas a pensar que me gusta Justus.

Porque para ser exactos los chicos me parecen todos bobos. Incluso BJ es a su manera bobo: Míster Megaguay. Pero él al menos tiene un grupo de música.

Tengo que conseguir por todos los medios que BJ se enamore de mí. Entonces Serafina reventará de rabia y ése será el único castigo justo para ella.

Viernes, 17 de marzo

Hoy me ha empujado simulando un choque. Aunque Linda dice que más que un choque me ha pasado por encima como una apisonadora, porque no me ha visto. Pero yo no lo creo. Ha sido un evidente intento de acercamiento. Los chicos a veces son muy tímidos y ésa es su forma de demostrarle su amor a una chica.

Además el cardenal de mi rodilla tiene forma de corazón. Si eso no es una premonición...

Mi cabeza aún da vueltas. Eso sólo puede ser debido a una conmoción cerebral o a la pubertad.

Mi madre últimamente se pasa el día diciendo que ahora estoy en la pubertad y que a esa edad suelen pasar las cosas más extrañas... Pero también dice que es de lo más normal y natural del mundo. ¿Pero crees que realmente pasa algo? ¡Pues no! Aún no tengo pecho y ni siquiera un triste grano, que es lo mínimo que se le puede pedir a la pubertad, ¿no? Un pequeño grano. Así los demás verían que una se está haciendo adulta. En fin, da igual.

Caramba, ya está mi madre protestando otra vez para que apague la luz y me vaya a la cama. Dice que necesito dormir para estar descansada.

Sábado por la mañana, 18 de marzo

Odio a Flippi.

Es como una lapa molesta. Las hermanas pequeñas son un verdadero castigo. ¿Cómo se les ocurrirá a los padres pensar que una desea tener una hermanita? Vaya tontería.

Yo por aquel entonces les dije claramente que quería un hermano mayor o un perro.

Pero no, me dieron una hermana. Cinco años menor que yo. ¡Eso ya sí que no sirve para nada!

Más tarde mi madre tuvo que darme la razón. Y eso que yo la mantenía entretenida:

—Esta niña tiene una fantasía desbordante y no tiene más que tonterías en la cabeza.

Pero después tuvo a Flippi. En realidad se llama Filipina. Está claro, mi madre tiene la enfermedad denominada *nombremanía.* ¿Quién en su sano juicio pondría a sus hijas Josefina y Filipina?

¡Alguien que se llame Isidora! Al parecer debía cumplir la promesa de pasar la maldición del nombre a sus hijas, y lo hizo, vaya si lo hizo.

La cuestión es que siempre que Flippi hace alguna trastada, suspira y dice:

—Flippi es el chico que nunca quise tener.

Flippi cría caracoles y le encanta todo lo asqueroso. Incluso creo que elige sus animales preferidos por el factor de asquerosidad. Cuanto más asco da un animal a la gente, más lo quiere Flippi. Debido a ello ya hemos tenido una colección de cochinillas de humedad, una cría de gusanos y una colonia de arañas.

Ahora les toca a los caracoles. Pero no esos bonitos que llevan su casita a cuestas, no. Ésos los tuvo al principio, pero mi madre cometió el error de decir:

—Ay, éstos sí que son monos.

Y Flippi cambió inmediatamente a los sin casita, o sea, a las babosas.

A mi madre le está bien empleado. Ya le advertí que prefería un perro a una hermana. Con un perro habría salido mejor parada. Y yo también.

Pero en realidad yo quería hablar de mi día. Todo comenzó de la siguiente manera:

Yo estaba tumbada en la cama soñando el sueño del siglo. Estaba con BJ en el parque y él estaba a punto de besarme cuando de repente noté el sabor más asqueroso del mundo en mi boca: gel de ducha. Me desperté del susto y ¿qué es lo que estaba pasando?, pues que tenía gel de ducha en la boca. En serio.

Flippi, esa descerebrada, había vaciado un tubo entero de gel en mi boca. Dijo que había abierto los labios tan provocativamente, que no pudo contenerse. Además, ¿qué estaba haciendo esa *skunk* (esto es inglés y significa mofeta) en mi habitación? Y más cuando yo estoy durmiendo.

Menudo enfado llevaba encima. Le di con mi almohada en la cabeza, me lancé sobre ella e intenté estrangularla.

Pero Flippi, esa cabra montesa, dio un salto hacia delante y me dio un puñetazo en el estómago. Yo me di contra mi estantería y todos los libros se me cayeron encima.

Naturalmente, en ese preciso momento, vino mi madre a mi habitación. Me miró atónita y puso los ojos en blanco:

—Josefina —cuando me llama Josefina quiere decir que o no sabe qué hacer o está muy furiosa—, Josefina, no quiero saber lo que está pasando aquí. Pero sea lo que sea, ¡arréglalo! ¡Ahora mismo!

Agarró a Flippi, tiró de ella hacia fuera y cerró la puerta tras de sí con un portazo.

¿Pero es que esta mujer no puede pararse a pensar? Es decir, si la situación estaba muy clara. Ella encuentra a Flippi en mi habitación, a eso se le llama intromisión en propiedad ajena, o sea, allanamiento de morada. Yo podría haber llamado a la policía. Pero mi madre nunca saca las conclusiones correctas.

Lo único que se le ocurrió fue decirme que hiciera el favor de volver a recoger aquel caos.

¿Por qué no intentará nunca encontrar al verdadero culpable? Siempre me regaña a mí. Y sólo a mí. Únicamente, cuando tengo mucha suerte, grita alguna vez en plural. Estoy segura de que lo hace para que yo crea que también está regañando a Flippi.

Seguro que después, la coge aparte y se disculpa con ella por haber tenido que hablar en un tono tan alto, esperando que eso no haya dañado los tiernos oídos de Flippi. Luego le dirá que naturalmente no estaba enfadada con ella, sino sólo conmigo. Me apuesto lo que sea a que es exactamente así.

Cuanto más lo pensaba más furiosa me ponía. Finalmente desahogué mi rabia dándole una patada a mi papelera. Ésta voló por los aires hacia mi puerta y justamente en ese momento volvió a entrar mi madre. Supongo que lo que quería era decirme algo, pero entonces, en un acto de reflejos, atrapó la papelera al vuelo y me miró con ojos de reproche sin mediar palabra. No llegó a caer ni una sola pelusa al suelo, toda la basura seguía en la papelera.

Flippi volvió a escabullirse en mi habitación y se lanzó sobre mí. Y antes de que yo pudiera reaccionar, esa enana venenosa me dio un puñetazo en el oído y una patada en la espinilla.

Yo hervía literalmente de rabia, miré a mi alrededor y descubrí un grueso y pesado tomo de la enciclopedia muy cerca de mí. Lo agarré con las dos manos y lo levanté con fuerza. Mi madre, que lo vio todo, reaccionó a tiempo. Y justo cuando yo estaba dejando caer con fuerza el libro sobre la cabeza de Flippi, mi madre le puso la papelera por sombrero, como si se tratara de un casco de seguridad. Estoy segura de que su intención fue buena, sólo que con el susto no se le ocurrió nada mejor que hacer. Estaba claro. Pero lo cierto es que no daba la impresión de una acción muy maternal. Y encima ahora toda la basura se encontraba en mi suelo.

El caso es que Flippi comenzó a berrear, aunque más por el susto que se llevó que por otra cosa. Porque en realidad no se había enterado de lo que había pasado. Mi madre se encontraba detrás de ella y Flippi no había visto la papelera. Seguramente pensaba que yo la había dado, porque empezó a gritar como una histérica:

—Socorro, socorro, me he quedado ciega y no puedo ver nada. Yoyo me ha golpeado la cabeza y ahora me he quedado ciega. ¡Mami, socorro!

Yo pensé que, si Flippi gritaba, lo mejor sería que yo también lo hiciera. No sé qué fue exactamente lo que grité, pero lo cierto es que no ayudó a que Flippi se tranquilizara.

Eso ya fue demasiado para mi madre, se colapsó por completo. Liberó a Flippi de la papelera y nos castigó a las dos sin salir de nuestras habitaciones.

Y además nos dijo que tampoco podríamos acompañarla al teatro al ensayo de los trajes. ¡Ja, ja! Vaya castigo. Como si yo no tuviera cosas mejores que hacer. Pero por si acaso empecé a lloriquear un poco y a lamentarme en voz baja de lo desordenada que se había quedado mi habitación. Con mucha humildad me arrodillé en el suelo y comencé a recoger el contenido de mi papelera, mientras volví a sollozar un poco.

Actuando así mi madre siempre cede y se arrepiente de todo. ¡Tendría que haberlo pensado antes! Porque no tardó en decir:

—Está bien, podéis venir conmigo.

Yo creí que me daba algo y empecé a lamentarme diciendo que no, que yo quería estar castigada pues me lo merecía, y que sólo se llevara a Flippi (porque yo estaba convencida de que Flippi merecía ser castigada).

Mi madre se quedó muy pesarosa, pero yo insistí. Así que ella y Flippi, protestando como es natural, se marcharon.

Una vez se hubieron ido, lo primero que hice fue enjuagarme el gel de la boca. Pero no sirvió de nada. Sólo gorgoteaba pompas de jabón. Incluso al hablar no salía más que espuma de mi boca y tampoco había forma de eliminar el sabor. Anda que no despotriqué.

Por lo visto en América, las madres les lavan a sus hijos la boca con jabón cuando dicen palabrotas. Pues una cosa está clara: con el sabor del jabón en la boca es cuando mejores juramentos se te ocurren, os lo aseguro.

Sábado por la tarde, 18 de marzo

Pero eso nada más fue el principio.

Estaba sentada en mi cama pensando en lo que podría hacer y se me ocurrió probar un par de peinados, me teñí unas mechas de color fucsia y azul en el pelo y ensayé ante el espejo cómo se besa.

Después, volví a limpiar el espejo y vacié los bolsillos de mi chaqueta. La cantidad de chismes que aparecieron: tres canicas, un sacapuntas con la forma de un sombrero vaquero, dos gomas fosforito para el pelo, una babosa seca (probablemente se habría escondido en mi chaqueta huyendo de Flippi), y medio perrito caliente del cumpleaños de Serafina. Pero lo peor fue que dentro del trozo de perrito caliente me encontré la gargantilla de oro que le había regalado a Serafina su madrina por su cumpleaños.

No tengo ni idea de cómo fue a parar allí.

Pensándolo bien, sólo pudo haber ocurrido cuando se me cayó uno de mis perritos calientes en la mesa donde estaban todos los regalos de cumpleaños. Yo me había cogido tres perritos calientes a la vez, porque me encantan, y tenía miedo de que luego no quedasen más. Así que, allí estaba con mis tres perritos calientes, viendo los regalos de cumpleaños que había recibido Serafina. Pero una de las salchichas se escurrió del panecillo y fue a parar a la mesa de los regalos. Entonces yo intenté recuperarla con el panecillo, porque no quería mancharme los dedos, y la perseguí por toda la mesa, pero cada vez que colocaba el panecillo sobre la salchicha queriéndola enganchar a modo de tenaza, volvía a escurrirse. Por cierto, dejó una huella bastante fea de *ketchup* en los regalos.

Durante esa operación y sin que yo me diera cuenta, debió de engancharse la cadenita en el perrito caliente. ¿Pero cómo demonios llegó éste a mi bolsillo? Ah, sí, por BJ. La fiesta de Serafina empezó enseguida a ser aburrida. Justus y BJ se escaquearon. Serafina seguía enfadada conmigo y las gallinas empezaron a decirle lo maravillosa y adorable que era. Si hubiera tenido que seguir escuchando todo aquello, habría vomitado. Así que me marché a casa, eso sí, con mis otros dos perritos calientes en la mano.

Uno de ellos ya me lo había zampado cuando vi a Justus y BJ delante de la heladería, el otro lo escondí rápidamente en el bolsillo de mi chaqueta. Pensé que tal vez BJ me hablaría y que, como el que no quiere la cosa, empezaríamos a conversar y charlaríamos y charlaríamos... Y en esos casos no es conveniente estar comiendo un perrito caliente.

Pero al final no ocurrió así, BJ ni siquiera me vio. Sólo Justus me saludó con la mano. Pero eso tampoco mejoró mi mal humor. Y el apetito también se me había quitado, aparte de que ya me había olvidado por completo del perrito caliente.

Así que esta mañana estaba yo de pie en mi habitación, perrito caliente y gargantilla en mano, rompiéndome los sesos para averiguar qué tenía que hacer.

Tengo un álbum dedicado a BJ. En él pego todo lo que tiene que ver con él. Eso es lo que se suele hacer cuando uno está enamorado de una estrella. Justo cuando estaba pensando en pegar el perrito caliente en el álbum y en cómo podía conseguir aplastarlo (la babosa la habría pegado allí sin ningún problema), llamaron al timbre de la puerta.

Con la gargantilla y el perrito caliente en la mano fui a abrir. Era Linda, a la que se le abrieron los ojos como platos al ver la gargantilla.

—Dios mío, no puedo creerlo —soltó Linda de sopetón—. Yoyo, ¿cómo has podido hacer algo así?

Linda me puso a cien, ¿qué clase de saludo era ése?

—¿Qué pasa? —le pregunté de malas maneras—. Haz el favor de hablar claro.

Linda señaló la gargantilla.

—Has robado la gargantilla a Serafina.

—Qué tontería. Yo no he hecho tal cosa. Estaba en mi perrito caliente.

—Oh, oh. Acabo de estar en casa de Serafina y está completamente fuera de sí. Su madre incluso quiere llamar a la policía.

A mí se me nubló la vista del pánico que me entró. Si me llevan a la cárcel, BJ seguro que ya no querrá saber nada más de mí. Entonces todo habrá terminado entre nosotros y Serafina tendrá vía libre.

Linda no se lo pensó dos veces y me arrastró tras de sí diciendo:

—Venga, vamos corriendo, le devuelves la cadena y le dices que todo ha sido un malentendido.

Yo, completamente histérica, corrí tras ella y poco después nos encontrábamos frente a la puerta de la casa de Serafina. Bajé la vista deslizándola por mi cuerpo y entonces sólo quise morirme. Con todo el jaleo se me había olvidado por completo vestirme. Así que allí estaba, en pijama, y precisamente, con ése de los pequeños osos panda. Me lo había enviado mi madrina, la de los pijamas horribles y el diario.

Yo me estaba muriendo de vergüenza delante de la puerta, pero Linda llamó al timbre como si nada y esperó.

En cuanto Serafina me vio, frunció el ceño y dijo:

—¿Y tú qué haces aquí?

Esto es increíble, me invita a su cumpleaños y dos días después se comporta como si fuera una desfachatez por mi parte llamar a su puerta.

Bueno, tal vez era por lo de la mancha de *ketchup,* pero no había sido culpa mía.

Cuando en su fiesta de cumpleaños quise ponerme *ketchup* en mi perrito caliente, se me escurrió de alguna manera el frasco y un chorro fue a parar a la blusa de seda de Serafina. No veas cómo se puso. Y su madre, también. Las dos cacarearon como si me hubiera sentado sobre la tarta de cumpleaños.

Entonces yo dije:

—Eso sale con agua. Como es *ketchup* del barato..., no deja mancha.

No sé por qué, pero mi comentario no les tranquilizó en absoluto, al contrario, Serafina aún se quejó más cacareando que yo lo había hecho a propósito y todo eso.

En fin, lo cierto es que yo también me sorprendí de la cantidad de salsa que había salido de allí. Yo pensaba que sólo le había salpicado un poco y que la mancha casi no se notaba, pero Serafina tuvo que cambiarse de blusa. A mí me prohibió volver a acercarme a ella. Por eso me levanté y me puse a mirar sus regalos. Y fue cuando se me cayó el perrito caliente sobre la mesa y cuando debió de ocurrir lo de la gargantilla. O sea que pensándolo bien fue todo culpa de Serafina.

Me encontraba con cara de boba delante de la puerta de Serafina con la cadenita del perrito caliente en la mano y dije:

—Me he encontrado una cosa. Creo que es tuya.

Le fui a entregar la gargantilla, pero ella me la arrancó antes de las manos y cerró la puerta de un portazo. ¿Qué te parece?

Volvía a estar con Linda delante de la puerta de Serafina, y encima en pijama. Con un pijama de osos panda.

Como no podía ser de otra manera, en ese instante llegó Justus. Ese tontorrón se me quedó mirando de arriba abajo.

—Un *look* impresionante, Yoyo —dijo sonriendo.

Yo le contesté:
—Idiota.
Y me fui por piernas. Lo malo es que me puse colorada. Y eso que yo casi nunca me pongo colorada. Sólo a veces con ese memo de Justus. Y eso que a mí no me gusta ni nada. De verdad.
Con Linda al arrastre fui corriendo al parque y lo primero que hice fue cantarle las cuarenta. Cómo se le ocurre sacarme de mi casa en pijama. Eso es una verdadera canallada.
Por desgracia pasó en ese momento mi profesor de Matemáticas. Se me quedó mirando con grandes ojos, se acercó y me preguntó si todo iba bien.
A mí no se me ocurrió qué decirle, así que simulé que iba sonámbula y me marché con los brazos extendidos hacia delante. Fue bastante creíble, ya que iba en pijama. Cuando vi que ya no podía verme, aceleré y me fui directa a casa.
Espero que Justus no le cuente a BJ nada de mi actuación en pijama. Me daría mucho corte.

Domingo, 19 de marzo

Aún se me revuelven las tripas cuando pienso en la historia de la gargantilla. Me salvé de la cárcel por los pelos.

Serafina tiene suerte. Tiene un hermano mayor, a todas mis amigas, y encima recibe regalos geniales por su cumpleaños. La madrina de Serafina le entregó la cadena con mucha solemnidad y su madre anunció delante de todos que, a partir de ahora, Serafina iba a recibir todos los años un corazón con una piedra preciosa para colgarlo de la cadena, hasta que cumpliera los dieciocho. A mí me pareció insoportablemente pedante, pero la idea era buena.

A mi madre nunca se le ocurriría algo así. Cuando yo cumplí los trece años me inscribió en un club de lectores y como resultado ahora voy a recibir una enciclopedia de veinticuatro tomos, uno cada mes. ¡Genial!, justo lo que una chica de mi edad desea.

Envidio a Serafina. No sólo por lo de la cadena y la madrina, sino también por Justus.

Bueno, no es que le tenga envidia por Justus, pero como es el mejor amigo de BJ, ella se entera siempre de sus últimas historias. Y cuando BJ queda con su hermano en casa, entonces ella está también en su casa. Ella puede tocar la manilla de la puerta después de que la haya tocado BJ o beber de su vaso cuando él ya se ha ido. A veces, cuando los chicos están tirados por su casa y organizan concursos de eructos, le permiten a Serafina hacer de árbitro. Claro que ella siempre le deja a BJ que gane. No es de extrañar que BJ se enamore de Serafina.

Y yo lo único que tengo es una estúpida hermana pequeña y una madrina que me envía pijamas con osos panda.

Vaya fin de semana de perros.

Lunes, 20 de marzo

¡Comienza la lucha! Serafina se ha convertido en mi más férrea enemiga. Esa víbora miserable y maquinadora.

Hoy, en el recreo, ha vuelto a presumir con que se iba a ir con su hermano, BJ y los demás chicos al Cinemaxx. Las chicas que quisieran acompañarla tendrían que invitarla a algo.

Naturalmente, enseguida saltaron esas estúpidas gallinas: «Yo te pago la entrada al cine», «Yo te compro las palomitas», «Yo te invito a una Coca Cola», etc., etc. Y ella mientras tanto, inflada como un pavo real, con aires de generosidad, asintiendo bondadosa.

Luego me preguntó a mí:

—Josefina, ¿y tú qué?

Sólo de oírle decir mi nombre, me da repelús.

En fin, el caso es que le contesté:

—¿Por qué debería pagarte algo, princesa? Si yo puedo ir al cine cuando quiera.

Ella no me contestó, y eso debería haberme mosqueado. Pero, ignorante de mí, no pensé más en ello.

Después del colegio volvió otra vez a acercarse a mí y me dijo toda empalagosa:

—Ah, Yoyo querida —*Yoyo querida,* ésa no está bien de la azotea—, lo hemos pensado mejor y no vamos a ir al Cinemaxx, sino al Multiplex. Si llegas antes que nosotros, ve entrando y guárdanos los asientos.

Yo debía de estar completamente en Babia, porque le contesté:

—Vale —y me fui a casa.

Después, por la tarde, estuve defendiendo a capa y espada una fila entera de asientos, pero nadie se presentó en el cine. ¡Anda que no estaba furiosa!

De regreso a casa, pasé por delante de la heladería, y ahí estaba toda la panda tranquilamente sentada lamiendo un delicioso helado.

No podía creer lo que estaban viendo mis ojos. «Sólo podía ser otra de las maquinaciones de Serafina», pensé. Y enseguida caí en la cuenta del porqué de su amabilidad de por la mañana en el colegio. ¡Pero mira que soy corta! Ya debería saber que no se puede confiar en Serafina cuando viene haciendo su papel de zalamera.

«Pero ahora verás, a ti te voy a decir unas cuantas cosas», pensé.

Así que entré y me encaré con Serafina. Le pregunté por qué no había ido al Multiplex. Y ella, poniendo unos graciosos morritos, me contestó:

—Vaya, Yoyo, tontina, te has equivocado de cine, ¿no? Habíamos quedado en el Cinemaxx.

—Eso no es cierto —dije yo.

Pero antes de que pudiera empezar a ponerla verde, ella volvió a hablar en tono empalagoso:

—Bueno, no te preocupes. Cuando te dejan ir al cine por primera vez siempre se está un poco nerviosa y se confunden las cosas. La próxima vez te lo apuntaré, y con letra de imprenta.

Todos se rieron. Incluso BJ. Todos, menos Justus. Me pareció un detalle por su parte. Me sentí tan sumamente mal... Tan mal, que ni siquiera tuve fuerzas para vengarme, únicamente conseguí marcharme. Qué vergüenza. No podré volver a aparecer por el colegio en la vida.

Por si fuera poco, cuando llegué a casa, mi madre empezó a regañarme, porque llevaba todo el día por ahí y se me había olvidado llevar a Flippi a clases de flauta. Una pérdida de tiempo absoluta, pues ese renacuajo tiene el sentido musical de una olla exprés.

Además, mi madre le ha tenido que comprar una flauta nueva, porque Flippi la utiliza como pajita para beber el cacao. Según ella, eso es el verdadero arte, mientras que tocar la flauta lo hace cualquiera. Lo que ella quiere es actuar en televisión con su número de flauta por pajita.

¿Y qué hace mi madre? Sonríe y me mira con esa mirada de «pero qué graciosa es mi niña».

Su niña está como una cafetera y eso no es algo que mejore con los años. Al contrario. Como mi madre no se imponga pronto, Flippi va a hacerse con el mando, y mi madre y yo le tendremos que pedir permiso para ir al centro a tomar un helado. Y garantizado que Flippi nos recortará la paga del mes si nos negamos a limpiar la jaula de sus babosas. Y seguro que entonces mi madre y yo nos tendremos que acostar a las ocho, mientras que ella se queda hasta las once viendo la tele y bebiendo una copa.

Mi madre no se imagina lo que nos espera como no emplee de una vez mano dura con ella. Siempre tiene una paciencia de santo con esta criatura.

Pero conmigo, no.

Martes, 21 de marzo

Mi madre sigue dándome la vara.

Las madres no entienden de amores.

No tuve más remedio que ir al cine para ver a BJ, o mejor dicho: para que él me viese a mí, y es que ahora llevo una mecha de color fucsia en el pelo, que es superguay.

Además tengo un nuevo plan: quiero cantar en el grupo de BJ, porque la mayoría de las veces los miembros de los grupos están enamorados entre sí. Me lo contó Linda, que se lo había oído decir a Serafina.

Si mi aspecto es verdaderamente guay, seguro que BJ querrá que cante en su grupo. Se enamorará de mí, porque estoy convencida de que él conoce las reglas en estos casos. Y luego, cuando sea la novia de BJ, todos me encontrarán megasuperguay y todos querrán ser mis amigos. Serafina se va a arrepentir de no haberme aceptado en su club. Para entonces será demasiado tarde. Cuando venga y me pida por favor que entre en su club, yo le sonreiré fríamente y le diré:

—Yo no hago esas niñerías y aléjate de mí, que tú no eres lo suficientemente guay para mí.

Mi madre, como era de esperar, no lo entendió. Intenté explicarle qué era lo más importante en la vida: tener un aspecto guay y conseguir que el tipo más guapo del colegio esté por ti. Y luego, por fin, ser besada.

También le dije que mi vida era horrible, que

nadie me entendía, y que ni siquiera tenía un grano.

Ella me abrazó y me acarició el pelo.

—Ay, cariño mío, lo siento tanto. Todo es culpa mía. Te prometo que me ocuparé más de ti —me dijo.

Muy afectada se dejó caer sobre mi cama, cogió con aire dramático mis manos y me miró fijamente a los ojos:

—Yoyo, hija mía, ya sabes que puedes hablar conmigo de todo lo que quieras...

Sabía perfectamente lo que tenía que hacer: tenía que tranquilizarla, porque de lo contrario la tendría durante toda la semana pegada a mí, programando actividades de madre e hija.

Le di unas tranquilizadoras palmaditas en la espalda y le dije:

—Claro que sí, mami. Ya lo sé. Si yo estoy bien. Tengo todo bajo control.

Mi madre:

—¿Y qué hacías en el parque? ¿El sábado por la mañana, y en pijama?

Al pronunciar la palabra *pijama,* su voz sonó ya algo histérica. ¡Pobre mamá!

Al parecer el tonto de mi profesor de Matemáticas no tiene otra cosa que hacer que inquietar a madres que están educando solas a sus hijos. Ahora me encontraba en apuros de verdad, ¿qué podía responderle?

Dije lo que digo siempre en estos casos:

—Perdí una apuesta.

Pero esta vez no se dio por satisfecha con ello.

—Yoyo, tú hablarías conmigo si tuvieras problemas, ¿verdad?

—Claro que sí —le contesté, cruzando los dedos a mis espaldas, que así no cuenta como mentira.

Mi madre me abrazó con una leve desesperación, luego se levantó y se marchó.

Pero yo pude oír cómo decía en voz baja para sí misma: «De esto sólo tiene la culpa su padre.»

Y no va mal desencaminada del todo, ya que el pijama de ositos panda me lo regaló su hermana. Además él fue el que insistió en que ella fuera mi madrina.

Después él se largó y aquí estoy yo con los pijamas de bebé de su hermana, y mi madre buscando motivos psicológicos para explicar qué hacía yo en el parque en pijama.

Pero si le llego a decir que con ello evité mi ingreso en prisión, se me habría vuelto loca de remate. A las madres hay que tratarlas con delicadeza y ser muy pacientes con ellas.

Jueves, 23 de marzo

Esta noche es la noche de todas las noches.

Ya lo tengo todo preparado. He colocado siete flores distintas bajo mi almohada. Porque cuando una coloca siete flores distintas bajo su almohada, es seguro que sueña con el hombre con el que un día se casará. Me lo ha dicho Linda. Y yo ya sé con quién voy a soñar: con BJ.

Seguramente nos casaremos en Las Vegas. Como a BJ le gusta tanto América...

Viernes, 24 de marzo

Éste ha sido el fracaso más grande de mi vida.

He soñado con Bart Simpson. Esto no puede ser verdad. Bart Simpson, ¿aceptas a Josefina Domingo, aquí presente, como legítima esposa?

¡Tataaan!

Podría echarme a llorar. Nuestros hijos nacerán con una cabeza enorme o con ojos de rana. O tal vez incluso con las dos cosas juntas. Todos mirarán al cochecito del bebé y luego me mirarán a mí con cara de pena. Ahora sé cómo se sentía la madre de Dumbo.

Y cómo se ha quedado la cama... Esto va a traer problemas. El diente de león ha dejado unas manchas asquerosas y a los pensamientos habría sido mejor que les hubiera quitado la tierra de la raíz. La rosa tampoco ha sido buena idea, una de las espinas ha hecho un agujero en las sábanas.

Y todo esto por Bart Simpson. ¡A mí me va a dar algo!

Domingo, 26 de marzo

Mi madre ha encontrado las flores bajo mi almohada, pero yo tenía preparada una buena excusa. Le dije que era un tratamiento *macroidiótico* contra los granos.

Ella se encogió de hombros:

—En primer lugar, se llama macrobiótico, y en segundo lugar, tú no tienes granos.

—Lo ves, ha funcionado —le contesté eufórica.

Antes de que ella pudiera investigar el caso más a fondo, se escuchó un fuerte estruendo proveniente del salón, y mi madre salió corriendo de mi habitación. Flippi había hecho un pequeño experimento químico, y con ello, había hecho volar por los aires nuestro acuario.

Estoy segura de que lo que quería fabricar era una bomba de hidrógeno, pero como a mí nadie me cree... Bueno, da igual. Esta vez, me ha salvado. Porque para cuando mi madre volvió a reunir todos los peces, ya se había olvidado del asunto de la sábana agujereada y de la almohada. Además, eso era una minucia comparado con un acuario reventado.

Sí, a veces no está tan mal tener una hermana pequeña.

Claro que luego también me reclutaron a mí para buscar los peces, porque Flippi decía que aún faltaban dos.

Y cuando pregunté si es que íbamos a hacer varitas de pescado para cenar, no les hizo gracia a ninguna de las dos.

Lunes, 27 de marzo

Hoy ha sido un día estupendo.

Le he salvado la vida a un pez y a una anciana.

Lo del pez fue de la siguiente manera: yo encontré a los dos refugiados de ayer. Uno de ellos estaba en el florero, qué listo, ¿verdad? Ahí tenía verdaderas posibilidades de sobrevivir. Claro que mi madre siempre le echa al agua un fertilizante especial para las flores cortadas, y claro, podría ser que el pez salvado sufriera las consecuencias más adelante. Probablemente pronto tengamos el primer Pez Dorado Ballena. Y cuando se haya hecho demasiado grande para la bañera, tendremos que mudarnos de casa, a una con piscina. No estaría nada mal.

El otro pez no estaba bendecido con la suerte. Fue a parar a la taza de café de mamá. Para él, toda ayuda llegó demasiado tarde. Tal vez se golpeó la cabeza con el terrón de azúcar y sufrió una rotura craneal, con tan mala suerte que el doctor pez (oh, sí que existen) no tenía consulta en ese momento. No, no, en realidad no pudo ayudar al paciente porque estaba también evacuado. En este momento está nadando en un frasco de mermelada, hasta que mamá compre un nuevo acuario. Además, probablemente tampoco llevaba conectado su busca en el momento de los hechos.

Pasemos ahora a mi segunda buena obra.

Fui a la ciudad para comprar un sustituto para el pez muerto.

Delante de una cabina telefónica había un gran revuelo. Una señora mayor se había quedado atrapada en la cabina telefónica y no podía salir.

Delante de la cabina había unos cuantos enanos de cuarto curso que se estaban divirtiendo a su costa. Cuando por fin la señora entendió cómo funcionaba el mecanismo de apertura de la puerta, uno de esos gamberros le puso el pie delante de la puerta de la cabina para que no pudiera salir. A ése le di un buen tirón de orejas y le hice huir por patas; luego, abrí la puerta de la cabina telefónica. Lo hice desinteresadamente y sin pensar en mi seguridad.

Los de cuarto empezaron enseguida a gritar: «¡Empollona, empollona...!» Al principio me asusté, porque pensé que, si era una profesora a la que había salvado, sería muy bochornoso. Como es natural, los profesores son enemigos de los adolescentes y no es nada guay ser amable con un profesor. Pero, por suerte, más tarde descubrí que no era ninguna profesora.

La mujer estaba muy contenta. Me dio las gracias con mucho afán y enseguida me invitó a tomar un helado.

Por desgracia, me invitó a la heladería en la que siempre se encuentran Serafina y su club. No me pareció muy buena idea.

Es decir, ayudar a una anciana a salir de una cabina de teléfonos es una cosa, pero ir con ella a tomar un helado en público, donde podría verme BJ, no sé... A eso se sumaba que tenía un aspecto muy estrambótico, pues llevaba un sombrero. Un sombrero muy raro. Mirándolo bien no era ningún sombrero, sino más bien un tulipán gigante colocado sobre la cabeza con el pétalo vuelto a modo de ala. Hubiera quedado genial en una película de terror. Llevaría por ejemplo por título *El ataque de los tulipanes asesinos.* Del brazo llevaba colgado uno de esos maletines anticuados que usaban los médicos antiguamente. Ella lo llamaba bolso de mano. Y lo curioso es que hablaba con su bolso. Incluso le había puesto nombre: Matilde, y le pedía consejo para cualquier cosa. Está completamente chiflada.

Pero así, de pronto, no se me ocurrió ninguna excusa, así que fui con ella a la heladería.

Naturalmente estaba Serafina. Y le faltó tiempo para reírse a mi costa con las demás gallinas, diciendo:

—Mirad, Yoyo tiene una nueva amiga —y otras maldades parecidas.

Fue realmente patético. Pero la señora me invitó a una copa de helado gigante. Para ella se pidió de entrada dos copas, y se las zampó en un santiamén.

Era encantadora. Sólo que a mí todo aquello me daba corte. No puedo decir de qué me habló porque no me enteré de nada.

Lo único que entendí, ya al final, fue lo siguiente:

—...Ahora, hija mía, ve. Hoy mismo encontrarás tu suerte.

Qué extraño, ¿verdad? De camino a casa miré por todas partes, pero no pude ver a BJ. En fin...

Con todo esto, el pez se me olvidó por completo.

Martes, 28 de marzo

Pensándolo bien, hoy ha sido un día estupendo: BJ me ha hablado.

En la biblioteca. Nuestra clase estuvo allí y la de BJ también.

Encima de la mesa había un atlas y BJ me dijo:

—Acércame el atlas.

Yo me puse tan contenta que me quedé paralizada y no pude reaccionar.

BJ puso los ojos en blanco y me dijo:

—Corta de reflejos, ¿no?

¡¿No es maravilloso?! ¡Ha hablado conmigo! Y dos veces seguidas. Seguro que muy pronto estaremos juntos. BJ y yo seremos pareja.

Pero me volvió a suceder algo muy bochornoso. ¡En la biblioteca! Y además delante de BJ.

De repente la bibliotecaria alzó un pequeño osito y preguntó quién lo había perdido.

Era mío. Cuando me disponía a levantar la mano y decir «Es mío», un listillo dijo que eso debería preguntárselo a los de la guardería y no a los alumnos de primero y tercero de Secundaria. Entonces yo bajé rápidamente la mano y empecé a cavilar cómo podía recuperar mi osito sin tener que reconocer que era mío.

Pero antes de que me pudiera inventar alguna estrategia, se oyó una voz por toda la sala:

—Yoyo. El osito es de Josefina Domingo. Ella todavía juega con muñecos de peluche, ¿sabe usted?

Era Serafina, ¡cómo no! Había visto el oso cuando lo saqué del bolsillo de mi chaqueta y lo trasladé a mi cartera. La estúpida de Serafina se estuvo burlando de mí, diciendo cosas como «Yoyo es un bebé y, por fin, ha encontrado el compañero de juego adecuado» o «Qué pareja tan mona», y cosas así.

Un segundo más tarde tropezó y se cayó todo lo larga que era. Se dio un buen trastazo.

Le está bien empleado.

Cuando la bibliotecaria me entregó el osito, intentó animarme con su más radiante sonrisa y me dijo:

—Es un osito realmente encantador.

Pretendía ser un cumplido, pero a mí me dejó petrificada, pues de encantador no tiene nada.

El oso es nuevo, pero es nuevo para mí, porque en realidad es bastante viejo. Lo tengo desde ayer. Es una especie de osito huérfano. Yo lo he adoptado.

Lo encontré en el camino de la heladería a casa. En un contenedor de basuras en medio de la ciudad. En realidad sólo quería tirar el papel de un chicle en aquel contenedor; pero, cuando lo abrí, vi allí dentro a ese pequeño osito. Tiene un aspecto realmente anticuado. Pero cuando se le mira a los ojos, parece estar vivo, como si de un momento a otro fuera a decirte algo. Fue todo muy extraño.

El caso es que el osito me dio lástima. Es muy pequeñito. Cabe justo en una mano. O sea que en realidad es un osito bebé. Y estaba tan solo. Yo le rescaté del contendor de basuras y me lo guardé. A mí no me pareció que estuviese haciendo algo malo, ya que si estaba allí es porque alguien ya no lo quería.

Y pensándolo bien, tampoco lo habían tirado en el debido contenedor de reciclado, porque estaba con los cartones y el papel. Claro que tampoco estoy muy segura de cuál es el contendor adecuado para un osito, ¿el de plásticos tal vez?, ¿o quizás el de desechos orgánicos? Qué tontería, el sitio de un osito no debería ser ningún contenedor de basuras.

Cuando llegué a casa, lo bañé, lo sequé con el secador y lo dejé dormir conmigo en mi cama.

Bueno, y hoy me lo llevé al colegio. Donde la tonta de Serafina me tomó el pelo con él y me dejó nuevamente en el más espantoso de los ridículos.

Odio a Serafina.

Otra vez mi madre. Dice que apague la luz de una vez y que me duerma. Dice que necesito dormir más. Como duerma más aún, mi vida habrá pasado de largo sin enterarme.

Miércoles, 29 de marzo

A partir de ahora el osito será mi talismán. Por alguna razón, siempre que lo llevo conmigo, todo funciona de maravilla. En serio.

En el primer recreo me había dejado el osito en la cartera y no vi a BJ ni una sola vez. Sin embargo, en el segundo recreo, llevaba el osito en el bolsillo de mi pantalón y me topé tres veces con BJ.

De camino a casa me puse el osito en la mano, y entonces, me encontré dos euros en el suelo.

Nada más llegar a casa me tropecé con la histérica de mi madre. Me puso veinte euros en la mano y me dijo que tenía que irse urgentemente al teatro y que Flippi y yo fuéramos a comprarnos una pizza para comer, porque a ella no le había dado tiempo de cocinar nada. ¡A eso le llamo yo tener suerte!

Claro que ya iba siendo hora de que algo en mi vida empezara a salir bien.

Jueves, 30 de marzo

Una vez más mi madre está preocupada por mí.

Es que le he contado lo del osito. Pues eso..., que el osito del contendor es mi osito de la suerte y que me concede todos mis deseos.

Pero ella sólo ha sonreído levemente, ha suspirado profundamente y me ha apretado contra su jersey de angora. Lo odio. Siempre se me meten las pelusas en los ojos y en la nariz. Eso me hace cosquillas y me entran ganas de estornudar, y además, me lloran los ojos. Cuando ya le había estornudado dos veces en el jersey y me caían unos lagrimones como puños, me volvió a dejar libre y dijo:

—Claro que sí, tesoro, si tú lo dices. Siempre has sido una niña con mucha imaginación.

¿Qué quiere decir eso? ¿Acaso no me cree? Yo la miré muy enfadada y entonces ella añadió rápidamente:

—Si yo te creo, cariño, de verdad.

Bah, no me cree ni una sola palabra. Piensa que estoy completamente loca y que me lo estoy inventando todo porque no tengo padre. Siempre me sale con alguna de sus explicaciones psicológicas.

Lunes, 3 de abril

El osito es realmente la bomba.

Se me había olvidado escribir una redacción para Lengua, así que cogí el osito y lo apreté con fuerza mientras pensaba: «no me tocará, no me tocará a mí». Y la señora Bertrán, efectivamente, no me nombró a mí y no me tocó leer. Es genial, ¿no?

Durante el recreo pedí al osito que Serafina y Linda discutieran, y funcionó. El osito es una pasada. Serafina se había autoprestado de Linda su nuevo pasador para el pelo y se lo rompió. En esos casos Serafina suele decir algo así como: «No hace falta que te pongas así, si ayer estuve con tu pasador en una superfiesta. No me digas que no es un bonito final para un pasador.» Y Linda, entonces, ante tal explicación, suele conformarse.

Pero hoy no ha sido así. Linda ha empezado a llorar y Serafina se ha enfadado y le ha dicho que no quiere tener nada que ver con una llorona.

Después Linda me vino a mí y yo tuve que consolarla. Ahora vuelve a ser mi mejor amiga.

De BJ, no hay novedades. Pero me he acordado aterrorizada de que él ni siquiera tiene mi número de teléfono. ¿Qué pasaría si me quisiera llamar para quedar conmigo? Linda dice que eso no es tan dramático ya que tampoco sabe cómo me llamo.

Esta mañana me ha saludado Justus en el patio del recreo. Me pareció todo un detalle por su parte. Tal vez él pueda darle a BJ mi número de teléfono y decirle mi nombre.

Martes, 4 de abril

Mi madre sigue enfadada con Flippi por lo de la bomba en el acuario. Ha dicho que Flippi deberá pagar el desperfecto de su paga mensual. Mi madre está muy orgullosa por haber sido capaz de aplicar un método educativo tan duro.

Y acto seguido le ha aumentado la paga, para que termine de pagar las mensualidades antes de que empiece a estudiar en la universidad.

Esto es increíble. ¿Qué es lo que yo debo deducir de todo esto? ¿No debería mi madre pensar también un poco en estas cosas? Sin duda, me traerán consecuencias psicológicas tardías. ¿Qué es lo que uno debe hacer para conseguir en casa de los Domingo un aumento de su paga? Hacer explotar un acuario.

Miércoles, 5 de abril

Hoy he vuelto a ir al centro de la ciudad. Había quedado con Linda porque me quería contar un secreto sobre Serafina.

Pero resultó muy aburrido, porque lo de su color de pelo ya lo sabía. Es decir, que Serafina en realidad tiene el pelo de un color castaño ratón y siempre se lo tiñe.

Luego, Linda me contó su propio secreto. Me dijo que en realidad no está enamorada de BJ, sino de Patrick y también un poquito de Justus.

Entonces yo le conté que Justus me había saludado, y ella dijo que le parecía muy desconsiderado por mi parte. ¿Y yo qué culpa tengo? Me parece que ha pasado demasiado tiempo con Serafina. Se ha vuelto igual de quisquillosa.

Entonces las dos nos pusimos de mal humor, y entonces Linda comentó que tenía que irse ya a casa, a estudiar Mates. ¡Jesús!, ésa ha sido la peor excusa que se le ha podido ocurrir.

Yo he preferido quedarme paseando un rato, sin un rumbo fijo, pero mirando a ver si veía a la extraña ancianita que me había invitado a la copa de helado.

Pensé que tal vez le apetecería charlar un poco con alguien.

Pero no la vi por ninguna parte, así que me marché a casa, e increíblemente, me puse a estudiar Matemáticas.

Jueves, 6 de abril

Hoy he vuelto a encontrarme con aquella anciana.

Estaba sentada en un banco del parque. Me llamó con la mano y me preguntó si me apetecía comer un helado. Yo me acordé aterrorizada del día de la heladería y dije:

—No, gracias.

A lo que ella respondió:

—En la heladería, no, aquí.

Mientras charlaba amigablemente con su bolso, sacó de él una copa de helado y una cucharilla, me sonrió y me lo entregó.

Yo me senté en el banco, a su lado, y comí mi helado. Enseguida, sacó del bolso otra copa de helado para ella, y a continuación, otra. Dice que siempre se come dos helados, por lo del equilibrio.

No sé muy bien qué quiso decir con eso, pero sonó convincente. Así que yo también quise otro, por aquello del equilibrio. Pero ella dijo que a mi edad no era bueno comer tanto azúcar. Que de eso le salían a uno granos.

Oye, eso sí que fue un buen consejo. De camino a casa me compré un kilo de azúcar. Vamos a ver si así entro yo también, por fin, en la pubertad.

El caso es que la señora casi me deja sorda de un oído de tanto parloteo. Generalmente te hace las preguntas de una forma que en realidad no necesitas contestar nada, y además se las suele contestar ella misma, así que lleva ella sola toda la conversación. Esto viene a ser algo así como: «¿Te gusta ir al colegio? Pues claro que te gusta. En los últimos tiempos se ha vuelto todo mucho más agradable. A vosotros, los niños, os divierte todo mucho más y los profesores tampoco son ya tan severos como antes. ¿O acaso tienes todavía alguno de esos profes tan anticuados? No, seguro que no. Si hoy en día todos son personas jóvenes y modernas.»

Pensándolo bien, ella no me necesitaba para

nada, pero aun así era mejor que estuviera sentada a su lado, por lo menos de esta manera el resto de la gente, si la veía hablando sola, no se extrañaba tanto.

Y precisamente porque no me necesitaba para su conversación, solía ocurrir que cada dos por tres me iba con mis pensamientos a otro lado y, cuando ella esperaba que yo le contestara a alguna de sus preguntas, sucedía que yo no sabía qué decirle, porque ni siquiera sabía qué me había preguntado.

Y entonces es cuando el asunto se ponía verdaderamente bochornoso. Porque en esos momentos incluía a su bolso en la conversación.

—Matilde, Matilde, creo que nuestra joven amiga no nos hace mucho caso.

La vieja es realmente extraña, pero muy agradable. Se llama Klarafina. Y así es como quiere que la llame. Por su nombre de pila y de tú. Es bastante guay para su edad.

Hace un rato me preguntó, de repente, si todo estaba sucediendo según mis deseos. Yo esperé a que ella contestara por mí, pero hizo una pausa y se me quedó mirando con cara de interrogante. De modo que entendí que esperaba una respuesta por mi parte. Yo me quedé pensando un poco y luego dije que todo estaba saliendo a pedir de boca, sobre todo, desde que tenía el osito.

Ella se recostó satisfecha contra el respaldo del banco y dijo que eso era estupendo, que estaba haciendo bien su trabajo.

No tengo ni idea de lo que quería decir exactamente con eso.

Cuando le volví a preguntar, sólo me sonrió y me guiñó un ojo diciendo que se alegraba de que por fin lo tuviera. Que era bueno para una chica tener a un protector.

Sí, claro, un protector. Seguro que todos salen corriendo si saco a mi oso del bolsillo y digo: «Largaos, si no queréis que mi oso os escupa», pero a ella no le comenté nada de todo esto.

Luego le conté que habían ocurrido algunas cosas muy extrañas desde que tenía el osito.

—Bueno, eso era de esperar —me contestó.

Sí, señor, a eso le llamo yo tener una reacción guay. No como mi madre que enseguida cree que ha fracasado en mi educación.

Bueno, en realidad es que es así.

Sobre todo si se tiene en cuenta, que estoy aquí, sentada en un banco del parque, con una anciana que habla con su bolso y en el que guarda copas de helado. No sé, no sé... ¿Acaso es ésta una buena compañía para una chica de trece años? ¿Y dónde demonios están todas mis geniales amigas? ¿Cuándo voy a discotecas? Y sobre todo, ¿quién me llama continuamente por teléfono para salir conmigo? Pues eso.

Pero olvidémoslo. Seguro que mi madre ha hecho todo lo que ha podido. Aunque las madres tampoco son perfectas.

Klarafina quería saber más detalles sobre el oso y dijo que era un oso muy especial. Estaba totalmente excitada, lo que a mí me pareció un poco exagerado. A su edad se debería estar un poco más tranquila y no perder los papeles por un pequeño oso al que encima le adjudica todo tipo de misterios. En realidad, sólo me ha traído suerte. Y ya está. Eso es todo.

Pero Klarafina dijo que el oso cambiaría mi vida. Y que él haría realidad todos mis sueños.

Bueno, eso tampoco está mal.

En ese caso, querido oso, haz que me llame BJ y que quiera quedar conmigo. Gracias.

Domingo, 9 de abril

Increíble: me ha llamado.

Bueno, exactamente el que me ha llamado ha sido Justus. Al principio pensé que le pasaría el auricular a BJ, porque tal vez a él le daba vergüenza llamarme, pero no ocurrió nada de eso. Justus me preguntó si me apetecía acompañarle a ver un partido de baloncesto.

Entonces lo vi claro. BJ le había pedido a Justus que me invitara, para así después acudir casualmente y encontrarse conmigo allí. De modo que dije que sí sin dudarlo. Aunque naturalmente no le comenté que había descubierto el juego que se llevaban entre ellos dos.

Tal vez tenga que ver con el oso. Por mí, mejor así.

Yo tenía una pinta superguay: botas rojas de charol, una minifalda a rayas rojas y blancas y un top corto, pequeñísimo, de color azul con estrellas blancas, que me dejaba el estómago al aire. Era perfecto, parecía una bandera americana andante. Mejor, así BJ verá que los dos somos fans de América y que estamos en la misma onda.

Pero cuando Justus me vino a recoger, se quedó mirándome algo sorprendido y me comentó que íbamos a un partido de baloncesto y no a la discoteca.

Yo le contesté que éste era mi *look* habitual para ir al baloncesto y que siempre me lo ponía cuando iba a ver algún partido. Entonces, él me preguntó sobre nombres de equipos de baloncesto y yo le contesté que en ese momento no caía en ninguno en concreto, pero que no me solía perder ningún partido.

Justus sonrió con aire de pícaro y dijo que ya veía que estaba hecha toda una experta. Luego añadió que íbamos a estar en la tribuna y que el grupo de animadoras ya estaba completo, por si me había hecho ilusiones...

Yo sólo le sonreí y dije:

—No te preocupes, sé lo que hago.

Él frunció el ceño y me dijo si no quería al menos atarme un chal alrededor del ombligo, que vestida así me iba a enfriar con toda seguridad.

¡Vaya idea! Yo me tiro una hora entera pegándome un tatuaje con la bandera americana al lado del ombligo para que BJ vea que yo también soy pro América y Justus va y me dice que me lo tape con un chal. ¡Ni hablar!

El partido fue genial, el equipo favorito de Justus ganó, bebimos Coca Cola, comimos perritos calientes y cuatro espectadores quisieron fotografiarse conmigo, preguntando a qué grupo de animadoras pertenecía.

Todo salió genial, aunque BJ no apareció, pero yo no quise preguntarle a Justus por él, porque probablemente se hubiera desilusionado al ver que yo había adivinado su jugada.

Claro que tampoco estaba ninguno de sus otros amigos. Nosotros éramos los únicos. Naturalmente, no éramos los únicos espectadores, sino los únicos de nuestro colegio.

En realidad, eso me dio pena, por una vez que salgo con un chico a un sitio, y va y nadie me ve.

Estoy realmente preocupada por BJ. Espero que no le haya ocurrido nada.

Lunes, 10 de abril

BJ está vivo, todo bien.

Sólo está algo atontado. Ayer tuvo una actuación en la fiesta escolar del Colegio Luisiano. Allí es donde estuvieron todos.

Linda me contó que fue allí con Serafina y las gallinas. Por cierto, esas dos se han vuelto a reconciliar. Linda se compró un nuevo pasador para el pelo y se lo regaló a Serafina, pidiéndole perdón por haber llorado por lo de su viejo pasador. Serafina aceptó las disculpas y el pasador nuevo, y Linda pudo acompañarla a la fiesta escolar.

Y es que Serafina opina que los chicos del Colegio Luisiano son aún más guapos que los de nuestro colegio. Linda dijo que, por desgracia, las chicas también eran todas más guapas que nosotras y por eso Serafina casi vuelve a enfadarse con ella. Pero Linda añadió enseguida: «Excepto tú, Serafina». Y Serafina se quedó satisfecha.

Estoy un poco decepcionada con BJ. ¿Cómo es posible que se equivoque de fechas en una cita tan importante?

Para darle otra oportunidad a BJ, le he dicho a Justus que podríamos ir pronto a ver otro partido de baloncesto. A Justus le pareció una buena idea.

Miércoles, 12 de abril

Creo que el oso lo ha hecho todo mal.

He vuelto a ir con Justus a ver un partido de baloncesto y BJ no ha aparecido.

Tengo que hablar urgentemente con Klarafina. Pero, ¿cómo voy a encontrarla? Si no tengo ni su número de teléfono, ni su dirección, ni ningún otro dato de ella. Sólo sé su nombre de pila y eso es demasiado poco para poder contactar con alguien. Porque difícilmente puedo ir a la policía y decir: «Estoy buscando a una señora que charla con su bolso, come montones de helados, se llama Klarafina y cuenta cosas sobre osos misteriosos.»

—Klarafina, ¿dónde estás?

Jueves, 13 de abril

Ha ocurrido algo sensacional. Estaba en la biblioteca de la ciudad y ¿a quién me he encontrado allí? No, a BJ, no. A Klarafina. Claro que esto no es lo sensacional, sino lo que me contó. Pero vamos a ir por partes.

Klarafina estaba sentada a una mesa comiéndose una copa de helado. En medio de la biblioteca, vaya cara... A su lado tenía otras dos copas de helado vacías.

Yo me acerqué a ella y me senté a su lado.

Ella me preguntó, con tono de reproche, por qué no había sido puntual, que había llegado tarde y que ahora ya se había comido mi copa de helado.

Si ni siquiera habíamos quedado en vernos, pero no quise decírselo así tan a bocajarro. Tal vez se hubiese molestado. En vez de eso, le pregunté por su equilibrio.

—Mirándolo detenidamente, el tres es un número mágico. Al menos para nosotras las brujas —eso me dijo.

—¿Para nosotras las brujas? —le respondí.

—Sí, Yoyo. Ahora tú también formas parte de nosotras.

Yo la miré con los ojos abiertos como platos y le pregunté qué quería decir con eso.

—Pero Yoyo, ¿no me has contado tú misma que ese osito hace cosas extrañas para ti?

Eso desde luego es cierto, tiene toda la razón.

—Es un oso mágico. Pero no hace magia para cualquiera. Está destinado únicamente a las brujas —dijo, como si tal cosa, mientras se comía el resto del helado.

Ésta se ha vuelto loca de remate, no le creo ni una sola palabra.

Seguro que ha sido el helado, Klarafina ha sufrido una subida de azúcar y está delirando.

Yo me despedí enseguida y me fui a casa corriendo.

Jo, tío, si le cuento esto a mi madre..., la pobre... Empezará nuevamente a lamentarse de que me ha educado fatal, y es capaz hasta de retirarse, ella solita, mi custodia.

Viernes por la mañana, 14 de abril

¡Una bruja!

¡Qué disparate! ¿Acaso soy Blancanieves, o mi nombre es Graetel? En serio. De niña ya no creía en Papá Noel, como para que ahora me vengan contando historias de brujas.

Pero suponiendo, sólo teóricamente, claro, que hubiera algo de cierto en todo esto... Digamos que yo soy una bruja y el oso es un oso mágico. ¿Y qué? Quiero decir, ¿qué supondría eso para mí? ¿Tengo que irme a vivir al bosque a una casucha de mala muerte o de chocolate? ¿Me crecerá ahora una verruga en la nariz? ¿Cambiaré la bicicleta por una escoba? ¿Cómo vive una bruja moderna? ¿En un ático de lujo? ¿Va regularmente a la esteticien a quitarse las verrugas? ¿Cabalga sobre un aspirador con turbopropulsor?

Esto es realmente ridículo.

Creo que voy a tener que volver a hablar otra vez de todo esto con Klarafina.

Viernes por la tarde, 14 de abril

No he podido encontrar a Klarafina por ninguna parte.

Ni siquiera en la biblioteca.

Pero ya que estaba allí, me he cogido prestados una pila de libros sobre brujas. Por cierto, que se encuentran bajo el apartado de Literatura femenina. Era un montón bastante grande y pesado. En realidad quería dejarlo levitar a mi lado, pero luego lo pensé mejor. Tal vez es más conveniente que no sepa todo el mundo que soy una bruja. Bueno, al menos hasta que yo misma esté segura de si lo soy o no. Así que llevé los libros a cuestas, como cualquier mortal. Y ahora estoy aquí, delante de los libros y no se por cuál de ellos empezar: *Atrapadas en su propio hechizo, Cuando la escoba no quiere como debe, Maldiciones de brujas, dichas y ya lamentadas,* o *El ABC de la joven bruja adolescente.*

Mi madre acaba de estar aquí, ha visto los libros, me ha tocado la frente y ha murmurado que tendrá que ir conmigo al médico. He intentado tranquilizarla y le he dicho que todo iba bien, que no tenía por qué preocuparse. Que probablemente soy una bruja y que lo sabía de buena tinta. Que si tenía algún deseo y quería que yo hiciera magia por ella sólo tenía que decírmelo.

Se quedó completamente atónita y tuve que jurarle y perjurarle que no hablaría con nadie sobre esto. Quiere consultar a un especialista. A él le podré contar luego todo esto.

Mi madre tiene tan poca visión del mundo.

Domingo, 16 de abril

Klarafina me hace gracia. Me revela que a partir de ahora pertenezco a la sociedad de las brujas y luego se esfuma. Hace días que parece que se la ha tragado la tierra.

Entre tanto, he tomado una decisión: voy a tratar el asunto Brujas de forma científica, voy a iniciar una serie de pruebas. O sé hacer magia o no la sé hacer.

Lo primero que intenté fue convertir las orejas de Flippi en orejas de conejo. Pero no estoy segura de si ha funcionado. Flippi se negó a enseñarme sus orejas. Sólo me gritaba que saliera de su habitación, se tapaba con ambas manos las orejas y despotricaba que qué me importaban a mí sus orejas y que si me faltaba algún tornillo.

Tuvo que pasar una hora entera antes de que tuviera la oportunidad de retirarle de un tirón el pelo de delante de sus orejas.

Pero para entonces ya parecían estar normales de nuevo. Bueno, quizás estaban un poco más puntiagudas y tal vez también un poco más peludas de lo normal..., pero no pude verlo bien, porque Flippi me dio en cuanto pudo un puñetazo en un ojo. Probablemente la magia de las brujas principiantes no dura mucho tiempo.

Luego, me retiré nuevamente a mi habitación y seguí ensayando. Allí intenté que las agujas del reloj funcionasen al revés. Pero la verdad es que no tuve mucho éxito.

Entonces me acordé de lo del oso. Tal vez tenga que cogerlo en la mano cuando haga magia. Así que cogí el oso y me concentré muchísimo para que las agujas del reloj se movieran hacia delante. Funcionó de maravilla.

Vale. Luego le dije al oso que mi madre entrara en mi habitación y me dijera que me aumentaba la paga.

Y mi madre entró realmente en mi habitación. Claro que lo que dijo fue que me pusiera de una vez a hacer los deberes.

En fin, al menos lo de la magia ha funcionado a medias.

Creo que necesito practicar un poco más. Pero ya saldrá. A lo mejor el oso aún se tiene que acostumbrar a mí.

Mañana me lo llevaré al colegio. Mi primera víctima será Serafina.

Lunes, 17 de abril

Mi primer día como bruja ha salido fenomenalmente bien.

Lo primero que he hecho con el oso en el bolsillo ha sido cantarle las cuarenta a Serafina, pero bien cantadas. Si se pone tonta, pensé, la convertiré en un jabalí.

Le dije que ella era la peor amiga que una podía tener. Que era egoísta y mala, y que quien la tuviera como amiga ya no necesitaba enemigos. Y también que dejara de presumir de ser mejor que los demás. Que tal vez ella fuera un poco más guapa que la mayoría y llevara la ropa de moda, pero que eso no era nada por lo que merecía presumir. Y que además en el colegio era bastante inútil. Que le valdría más estudiar en vez de estar continuamente tiñéndose el pelo.

Luego, aguanté la respiración unos segundos esperando a ver qué pasaba, si me daba un guantazo o qué. Pero no ocurrió nada.

No dijo ni pío. Sólo se me quedó mirando y en

sus ojos empezó a aparecer un sospechoso brillo, y entonces se largó.

A continuación me fui a ver a Linda y le dije que iba a fundar un club propio. El club de las no besadas. Todos los socios deberán pagar cinco euros y quien bese primero a un chico se lleva toda la pasta.

Lo bueno de mi club es que cada una puede estar enamorada de quien quiera y la que no quiera no tiene por qué estar enamorada. Pero los cinco euros los tiene que pagar de todas formas.

Linda dijo que primero lo tenía que hablar con Serafina y aclarar si por hacerse socia de mi club se enfadaría.

¡Ay! Linda tiene todavía tanto que aprender...

La idea del club propio me la dio mi madre. Ayer noche, después de lo de la historia de las brujas, volvió a entrar en mi habitación porque quería tener una de sus conversaciones de madre a hija, como diciendo: «Si yo soy tu amiga, a mí puedes contarme cualquier cosa». Yo quería tranquilizarla, así que fui generosa y accedí.

Ella quería por todos los medios resolverme algún problema, pero por más que me estrujaba los sesos no se me ocurría ninguno apropiado. Así que le conté lo de Serafina y su club y que ella no me quería y que siempre era muy mala conmigo.

Mi madre estaba en su salsa.

Le encanta cuando tengo problemas, porque entonces puede desplegar todo su saber y me viene con cantidad de soluciones muy fáciles. Creo que es entonces cuando verdaderamente se siente realizada como madre.

De modo que me propuso fundar mi propio club y dejar a Serafina fuera. Así ella vería cómo se siente uno.

No es mala idea, teniendo en cuenta que viene de una madre. Tal vez aún haga carrera con ella.

Cuando después me preguntó si con esto había solucionado lo de ser bruja, tuve la sensación de que era mejor decir que sí. Acto seguido ella recogió todos los libros sobre brujas y dijo que los devolvería mañana mismo a la biblioteca. Yo no había leído todavía ni uno solo de los libros, pero como debía tener mucho cuidado con mi madre, hice como si estuviera de acuerdo. Como de todas formas puedo recuperarlos siempre que quiera con mi magia...

A ella se le quitó un peso de encima y se fue a la habitación de Flippi. Probablemente, estaba dando algo así como una vuelta maternal a sus retoños y ahora le tocaba comprobar si Flippi mostraba alguna posible anomalía.

Pero con Flippi lo tiene claro, ésa le toma el pelo todo lo que quiere y más.

Cuando Flippi hace alguna trastada, a mi madre, casi siempre y antipedagógicamente, no se le ocurre otra cosa que decir que es un encanto.

Como cuando Flippi vendió su libro de Matemáticas en el rastro.

Flippi quería por todos los medios poner su

propio puesto en el rastro y le estuvo dando la paliza a mi madre hasta que ésta se lo permitió.

Mi madre dijo:

—Pero como condición sólo venderás cosas viejas y nada de valor.

—Claro —contestó Flippi.

Pero como eso en ella no significa nada...

Yo por si acaso mantuve la puerta de mi habitación dos días cerrada a cal y canto, porque Flippi no entiende de escrúpulos.

Unos días después, la profesora de Flippi llamó a casa toda indignada para protestar sobre la manera que tenía mi madre de tratar la propiedad del colegio.

A lo largo de la conversación resultó que Flippi le había contado a su profesora que no había podido hacer los deberes de Matemáticas porque mi madre le había dicho que vendiera el viejo libro de Matemáticas en el rastro, y que su madre no admitía cosas viejas en su habitación.

La profesora estaba muy enfadada y le dio a mi madre un discurso diciendo que ese libro llevaba ya varias generaciones perteneciendo al colegio, que a mi madre no le correspondía juzgar sobre un libro así, y que era muy valioso.

Mi madre le contestó que no sería tan valioso cuando a Flippi sólo le pagaron seis euros por él. Pero que no se preocupara que gustosamente los ingresaría en la cuenta del colegio. Y se quedó tan pancha.

A veces mi madre es francamente guay. No tenía ni idea de todo ese asunto, pero se enfadó por el tono tan insolente que empleó la profesora y sin pensárselo dos veces defendió a Flippi.

Después, como es natural, le echó la bronca a Flippi y también tuvo que comprar un nuevo libro de Matemáticas, pero realmente furiosa, furiosa, con Flippi, no estuvo.

Sin embargo, cuando yo también vendí en el rastro mi libro de poemas del colegio, porque yo odio los poemas, casi le da un ataque.

Mi caso ya era otra cosa completamente distinta. Y sólo porque tengo unos años más.

Y eso que ni siquiera tengo la pubertad, de forma que sigo estando bajo la protección de la ley del menor.

Martes, 18 de abril

Serafina me odia. Desde ayer. Por haber osado hablarle de esa forma.

Por algo se empieza. Me lo ha contado Linda. A escondidas, cuando Serafina no estaba cerca. Porque desde ahora las gallinas no pueden hablar conmigo.

Linda dice que Serafina también le ha prohibido a su hermano Justus hablar conmigo.

Por alguna razón, lo de mi club no va muy bien. Yo soy el único miembro y eso es bastante aburrido.

Típico, a quién se le ocurre aceptar los consejos de una madre. Desde su época ya ha pasado demasiado tiempo y seguro que ha confundido algunas cosas. Además, de todas formas, hoy en día ha cambiado mucho todo.

Debería obligar a mi madre a que se hiciera ella misma miembro de mi club y a que pagara los cinco euros. Pero como ella no está sin besar...

Bueno, también podría cambiar el nombre de mi club por el de club de las no besadas y no besadas hace mucho tiempo. Porque desde que se fue mi padre, mi madre seguro, seguro que no ha vuelto a besar a nadie, y de eso hace ya siglos.

Un momento..., eso es. Ésta es la idea del siglo. Voy a fundar un club que busque nuevos maridos para madres. Porque si mi madre tuviera un nuevo marido, me dejaría en paz, estoy segura de ello. Entonces tendría sus propios problemas y no intentaría siempre resolver los míos.

Pondré un anuncio en el periódico.

Tal vez Klarafina también quiere ser miembro de mi club.

¿O debería mejor olvidar toda la historia del club y disculparme con Serafina?

Miércoles, 19 de abril

En realidad quería disculparme con Serafina.

En el recreo me acerqué a ella y dije:

—Tenemos que hablar.

Llevaba la mano metida en el bolsillo. De repente sentí el oso en mi mano y en ese mismo instante cambié de opinión.

Una bruja no tiene por qué disculparse. Así que seguí hablando:

—Si te disculpas y no sólo conmigo, sino también con todos los demás, entonces vuelvo a hablar contigo.

A Serafina se le abrieron los ojos como canicas y empezó a despotricar con voz de pito de la rabia que le entró. Me dijo que quién me había creído que era. Y que a ella no le podía yo hablar así.

Por lo que fuera, aquello no me conmovió en absoluto. Yo sólo le sonreí y añadí:

—Piénsalo, nena.

Me di media vuelta y me marché.

Adoro ser bruja, así nadie puede hacerte nada.

Jueves, 20 de abril

Justus me ha vuelto a llamar y me ha preguntado si quiero ir con él a ver un partido de baloncesto. Así me gusta, al menos él no se deja intimidar por la estúpida de su hermana.

Pero yo le he dicho que no quiero ir otra vez al baloncesto. Allí no hay manera de que aparezca BJ. Por alguna razón el oso no lo consigue. Así que, para ponérselo fácil, le he dicho a Justus que me gustaría ir a una de las actuaciones del grupo de BJ.

—Pero allí estarán también todos los demás —contestó Justus.

—Pues claro —dije yo.

Y pensé: «Sobre todo BJ.»

Justus tuvo que pensárselo un momento, pero luego estuvo de acuerdo. Dijo que en ese caso, tal vez fuera mejor que nos encontrásemos allí. Y cuando yo le pregunté por qué, empezó a gruñir y a refunfuñar, pero finalmente dijo:

—Vale, te recogeré.

¡Qué raros son los chicos!

Bueno, ahora el oso ya puede poner manos a la obra. No creo que le sea muy difícil hacer que aparezca BJ en su propio concierto.

Por cierto, es posible que yo esté sufriendo algo parecido a una *Justusalergia*. Por alguna razón no me sienta muy bien porque, cada vez que me llama o me encuentro con él, me noto un extraño cosquilleo en el estómago y me siento un poco mareada.

Viernes, 21 de abril

La misión secreta «un hombre para mamá» ya está en marcha.

La verdad es que no fue nada fácil. Fui con Flippi al periódico, pero allí se negaron a publicar un anuncio puesto por unas niñas. Y eso que Flippi reaccionó enseguida con una de sus genialidades espontáneas, señalándome con el dedo y diciéndoles que yo no era ninguna niña, que era adulta y que era su madre. Al ver que el hombre me miró primero a mí de arriba abajo, y luego, a ella con cara de interrogante, Flippi añadió, más fría que un polo:

—Mi madre tiene problemas de crecimiento. Pero está en tratamiento.

Entonces, yo quise corroborar mi autoridad como madre y le di a Flippi una colleja diciendo:

—No seas tan descarada, jovencita.

Pero Flippi se ofendió tanto que perdió los papeles, me dio un puñetazo en el brazo y me bautizó con un *foca de pantano.*

Yo intenté sonreír y le dije al hombre:

—Esto pasa por ser tan liberales en la educación de los niños.

Pero ya no había nada que hacer. Aquel señor nos puso de patitas en la calle.

Claro que tan pronto no nos íbamos a dar por vencidas. Desde casa pusimos el anuncio por teléfono. Aunque tuvimos que llamar dos veces, porque la primera vez llamé yo y, aunque intenté cambiar mi voz, me preguntaron por mi edad. Luego llamó Flippi y a ella le salió fenomenal. Flippi tiene ese tono de fondo en la voz que no permite una negativa.

De modo que el anuncio está puesto y la cosa está en marcha.

Flippi y yo estamos tan nerviosas como si las que nos tuviéramos que casar fuéramos nosotras.

Jueves por la tarde, 27 de abril

Fracaso total.

Los candidatos a novios para mi madre estuvieron aquí. Nosotras no le contamos nada a mi madre, para que se comportara con toda naturalidad y no se pusiera nerviosa. Digo yo que cuando una se va a encontrar con el hombre con el que después va a casarse, se pondrá nerviosa y empezará a decir tonterías. Y como mi madre de por sí ya no dice más que disparates, pensé que lo mejor sería no decirle nada, para no ponerla más nerviosa. Pero no sirvió de nada. Mi madre lo estropeó de todas formas.

Por cierto, que la mitad de lo que costó poner el anunció se lo hice pagar a Flippi, ya que también era en su beneficio que mi madre volviera a tener sus propios problemas. Flippi aceptó sin rechistar. Últimamente mi madre ha debido de estar dándole bastante la lata.

Así que Flippi y yo nos pusimos al acecho. Para ser exactos mosconeábamos casualmente por el pasillo, esperando a ver qué pasaba. Nunca se sabe. Tal vez mi madre necesite ayuda. Como desde la primera vez que se casó ya hace tanto tiempo...

Sonó el timbre de la puerta. Mi madre gritó que yo abriera. Pero ése no era el plan. Ella tenía que abrir la puerta para que el candidato a novio se enamorara a primera vista de nuestra madre.

Así que le dije que yo no podía. Entonces llamó a Flippi, y ella le vociferó que tampoco podía abrir.

Mi madre salió disparada y completamente estresada de su habitación de costura. Antes de abrir la puerta nos regañó diciendo que a qué estábamos jugando y que, si estábamos ganduleando por el pasillo, también podríamos haber abierto la puerta.

Flippi le contestó que se había accidentado las dos manos y levantó sus pezuñas con aire de dolor.

Vaya, ésa era mi excusa. Así que cuando mi madre me preguntó que por qué razón no podía yo abrir la puerta, le contesté que me dolían mucho las piernas y no podía caminar. Reconozco que no fue muy buena excusa, pero realmente no se me ocurrió nada mejor.

De modo que se fue bastante enfadada a abrir la puerta, con la cinta métrica colgada al cuello, la almohadilla para los alfileres colocada en la muñeca y cinco alfileres enganchados en la boca. Yo quise quitárselos e intenté que se pintara un poco los labios antes de abrir, pero ella me apartó de en medio con un movimiento de mano. Lo cierto es que no estaba muy impresionante que se diga.

Ella abrió la puerta.

Y, de pronto, sólo vio a un hombre con un gran ramo de flores. Uno de esos gordos y viejos, de al menos cuarenta años, si es que no tenía ya sesenta. Con las pintas que tenía, podría haber sido justo lo que estábamos buscando.

Con ése seguro que tendría mogollón de problemas, pensé.

El hombre parecía bastante nervioso, sudaba, carraspeó, le puso el ramo de flores a mi madre delante de las narices y le hizo una discreta reverencia.

—Buenas tardes, mi nombre es Fernando Frutos. Vengo por lo del anuncio.

Mi madre se quedó mirando al señor Frutos un poco crispada. Pensó que le quería vender las flores y le dijo que ella no necesitaba flores.

El señor Frutos la sonrió, pero seguía ofreciéndole las flores.

—Me gusta la modestia en las mujeres. Bueno, ya tenemos una cosa en común.

Y avanzó un poco. Pero mi madre le cerró el paso. ¡Encantadora! Definitivamente, ésta ya no sabe cómo conquistar a un hombre.

El señor Frutos empezó a ponerse más nervioso aún, volvió a carraspear e hizo un nuevo intento:

—Sabe, yo me veo a mí mismo como jardinero y...

De repente mi madre creyó saber de qué se trataba.

—Ha debido de equivocarse de puerta. La señora Luppe, la vecina de aquí al lado, es la que busca un jardinero.

Intentó cerrarle la puerta en las narices, pero ese Frutos no se daba por vencido. Metió el ramo de flores por la rendija de la puerta justo antes de que se cerrara y susurró:

—Qué bien, también tiene sentido del humor. Seguro que nos llevaremos bien.

De pronto a mi madre se le iluminó la cara y volvió a abrir la puerta:

Oh, perdóneme. Usted debe de ser un nuevo conductor del teatro, ¿no? Pero aún no lo he terminado. Como dijeron que hasta esta tarde no vendrían a recoger las cosas.

A lo que el señor Frutos contestó:

—Si usted quiere ir al teatro y eso la distrae, por mí no hay ningún problema. Ya decía usted en su anuncio: «Busco hombre que me distraiga», y yo soy justo ese hombre.

Por fin, mi madre comenzó a entender la situación. Pero lejos de pedirle que entrase de una vez, se giró hacia nosotras y nos echó una mirada fulminante. Flippi no tiene ningún problema en aguantar esa mirada con cara de no haber roto un plato en su vida. Pero yo sí. Y mi madre supo lo que quería saber.

Se volvió una vez más al señor Frutos y le dijo que lo sentía mucho pero que se trataba de un malentendido y le cerró la puerta delante de las narices de un portazo. Eso le costo la cabeza a unas cuantas flores, porque con la rapidez con la que mi madre cerró la puerta, al señor Frutos no le dio tiempo de poner a salvo su ramo.

Luego se giró hacia nosotras. Nosotras intentamos escabullirnos rápidamente a nuestras habitaciones, pero fue demasiado tarde. Nos dio el alto. Furiosa como estaba, se puso en jarras, y entonces empezó a decir que quería una explicación, e inmediatamente.

La verdad es que a mí ni se me había ocurrido que mi madre pudiera pedirnos explicaciones. Pensé que ella vería a un hombre, se enamoraría de él, se casarían, y Flippi y yo volveríamos a tener tranquilidad. Pero para esa reacción no estaba en absoluto preparada.

Miré a Flippi. Estaba contemplándose las uñas.

Ninguna de nosotras abrió la boca. Y todo esto podía ir para largo, porque mi madre tiene una paciencia de santo. Si insistíamos en no decir nada, era capaz de dejarnos allí de pie durante tres semanas.

Yo lo pensé durante unos instantes y me dije que por qué no probarlo contando la verdad. No es muy creativo, pero siempre es mejor que echar raíces en el pasillo. Así que empecé:

—Bueno..., es que pensamos..., como siempre estás tan sola..., y trabajas tanto..., pues que pensamos...

Por desgracia, no llegué a más.

—Poner un anuncio, ¿no? —dijo mi madre frunciendo el ceño.

Entre tanto Flippi ya se había soltado un poco y lo intentó también con la táctica de la verdad, pero desafortunadamente especificó:

—¡Un anuncio de matrimonio!

Mi madre inspiró profundamente y quiso regañarnos, pero Flippi la miró con cara de inocente, eso lo sabe hacer muy bien, y yo la miré con cara de arrepentimiento, eso lo sé hacer muy bien. Luego nos sonrió emocionada y dijo:

—Pero niñas, esto no se hace así. Para casarse hace falta mucho más.

Flippi preguntó:

—¿El qué?

Mi madre respondió:

—Bueno, pues por ejemplo romanticismo. Eso es muy importante. Y luego...

No le dio tiempo a seguir, porque de nuevo sonó el timbre de la puerta. Ella nos echó una mirada amenazadora como diciendo: ¿no será otra vez...?, y abrió la puerta. Esta vez era el señor Baumann, mi profesor de Matemáticas, con una caja de bombones en la mano. De momento me quedé petrificada del susto, pero mis piernas no tardaron en volver a funcionar. Me quité de en medio como un rayo.

Flippi se le acercó y le cuchicheó que fuera muy romántico, que a mi madre eso le gustaba mucho.

A mi madre se le quitó un peso de encima al ver que sólo era mi profesor de Matemáticas y no otro candidato que quería casarse con ella. Le recibió con exagerada amabilidad y le invitó a entrar.

Flippi se pegó a sus talones.

Mi madre le ofreció algo para beber, él miró a Flippi, ésta asintió animándole y pronunció de forma inaudible con los labios la palabra *romanticismo.*

Y entonces se lanzó:

—Donde bebemos, donde amamos, ahí se encuentra el mundo, rico y libre.

Mi madre se le quedó mirando algo desconcertada, volvió a dejar la jarra del café sobre la mesa, fue a por zumo de manzana y dijo:

—Tal vez le siente mejor un poco de zumo. Seguramente ya habrá tomado usted bastante café.

Flippi vino corriendo a mi habitación con el pulgar en alto en señal de que todo iba como la seda.

Yo me la quedé mirando espantada y le conté que ése era mi profesor de Matemáticas. Pero a Flippi ese detalle aún le gustó más.

—Qué bien, entonces, si se casa con mamá, te pondrá una buena nota en Matemáticas.

Yo le contesté que ya tenía buenas notas en Matemáticas, que de ninguna manera iba a llamarle papá y que odiaba tener a un profesor en la familia, que eso era superasqueroso *y* que fuera inmediatamente al salón a evitar esa boda.

Flippi se fue corriendo y aquí estoy yo mordiéndome las uñas.

Jueves, algo más tarde, 27 de abril

Todo va bien, aquello salió mal.

Ya no tendré que llamarle papá. Flippi me contó que el señor Baumann soltó cantidad de tonterías e incluso le recitó una poesía: «Eres como una flor, tan pura, tan bella, tan llena de color. Te miro y una estrella en mi corazón se anida, iluminándolo con brillo esperanzador.»

También me dijo que después de eso mi madre estuvo cada vez más preocupada y que cuando él se le puso de rodillas y se le declaró pidiéndole su mano, a mi madre se le cayó la venda de los ojos y le dijo que lo sentía muchísimo, que todo eso era una terrible y lamentable equivocación. Y que en realidad lo que pretendía era poner un anuncio para... para... vender un aspirador. Y ni corta ni perezosa, le preguntó si él estaba interesado en comprarlo. Para el señor Baumann fue todo tan bochornoso que le compró el aspirador a mi madre.

Y ahora mi madre está que trina conmigo, porque nos hemos quedado sin aspirador.

Ni que fuera culpa mía. Que se hubiera inventado cualquier otra excusa.

Flippi propuso que tal vez mi madre podría comprarle al señor Baumann su aspirador, ya que éste ahora tendría dos y seguro que en realidad no estaba interesado en nuestro aspirador, sino que únicamente lo había comprado para despistar de que quería casarse con mi madre. A no ser, claro, que mi madre cambiara de opinión y decidiera casarse con él. En ese caso ya lo habríamos recuperado de nuevo. Aunque mirándolo bien, entonces tendríamos dos aspiradores...

En ese punto mi madre empezó a gritar como una histérica y nos dijo que las dos nos fuéramos inmediatamente a nuestras habitaciones y que no saliéramos de allí hasta que no cumpliésemos los dieciocho años.

Y para mal de males, el señor Baumann se volvió a llevar los bombones. Ahora me habrían venido muy bien, como alimento para los nervios. Y a lo mejor hasta me saldrían un par de granos debido al chocolate.

Ni bombones, ni granos, ni aspirador, ni novio para mamá, vaya patinazo.

Viernes, 28 de abril

Me he vuelto a reconciliar con mi madre.

Es muy fácil. Sólo hay que entrar en su cuarto de costura, sentarse un ratito a su lado y decirle lo bien que te parece todo lo que ella hace y que, cuando seas mayor, quieres hacer lo mismo que ella. Y si encima le dices lo mucho que la quieres y que es la mejor madre del mundo, entonces todo vuelve a ser de color de rosa.

Tenía que hacerlo urgentemente, porque mañana es el concierto de BJ y yo quiero ir con Justus. Y para eso necesito tener una madre de buen humor.

Para estar más segura de que así sea, le pedí consejo para ver qué me ponía para el concierto. Enseguida se entregó por completo. Le encanta que le pregunten su opinión. Luego se pasó una hora echándome telas por encima del hombro, haciendo diseños y frunciendo volantes, hasta que le dije que no quería que se tomara tantas molestias, que me pondría cualquier cosa que tuviera en el armario, pero ella no quiso ni oír hablar de eso e insistió en coserme algo.

Bueno, una cosa no se puede negar: hago grandes sacrificios para volver a contentar a mi madre.

Será mejor que mañana me lleve la mochila con ropa normal. Por si acaso, así podré cambiarme por el camino, en cualquier sitio. Con mi madre nunca se sabe si su creatividad se le va a escapar de las manos.

No hace mucho, cuando fui con mi clase al teatro, me diseñó un vestido corto de rococó. Casi me muero de la vergüenza. Parecía como si se me hubiera olvidado terminar de vestirme.

Cuando fui a entregar mi abrigo en el guardarropa, un señor mayor me envolvió rápidamente las piernas con su americana, porque pensaba que no llevaba falda. Yo intenté convencerle de que el volante que había debajo de mi ombligo era realmente la falda, pero se quedó tan consternado y me dejó tan dudosa, que volví a pedir mi abrigo.

Me tiré dos horas sentada en el teatro con el abrigo puesto.

Ni siquiera eso fue fácil, porque la acomodadora me indicó que el guardarropa estaba en la planta baja y que primero debía entregar mi abrigo allí. Pero entonces yo abrí mi abrigo y le expliqué que con las prisas había tenido un pequeño despiste. Ella sólo asintió y me volvió a cerrar rápidamente el abrigo.

Con los diseños de mi madre uno tiene que estar siempre preparado, por si acaso...

Pero eso sí, es francamente convincente. En cosas de gustos no permite que le lleven la contraria. Eso lo debe de haber aprendido de Flippi.

Me hago cruces, cómo es posible que consiga una y otra vez convencerme para ponerme sus absurdas creaciones.

Domingo, 30 de abril

Me lo he pasado taaan bien.

Estuve con Justus en el concierto de BJ. ¡BJ es taaan guapo! Mientras cantaba, estuvo todo el tiempo mirándome. Más tarde se nos acercó a Justus y a mí, contempló detenidamente mi peinado, y me preguntó si había tenido algún altercado con el enchufe.

La verdad, de BJ esperaba bastantes más conocimientos sobre moda. Yo llevaba un peinado supermegaguay. Me costó más de dos horas conseguirlo. Lo primero que hice fue cardármelo dejándolo de punta, por aquello del volumen. Sé por Linda que este año el volumen está de moda a tope, bueno, según Serafina, claro. Pero si ella lo dice, será verdad. Luego me pinté las puntas de distintos colores y me enganché pequeñas flores entre el pelo.

Hasta a mi madre le encantó. Dijo que parecía una *FlowerPowerGirl* de los sesenta. Eso debería haberme alertado. Siempre que a mi madre le gusta una vestimenta o un peinado, se sabe a ciencia cierta que uno no ha acertado en absoluto con el *look*.

Pero ya no me quedaba tiempo, porque Justus estaba a punto de llegar.

Justus me preguntó que por qué me había hecho el peinado de *Songoku*. Yo le contesté que mi madre había insistido en ello, que de lo contrario no me habría dejado salir de casa. Aunque a Justus le chocó, no se extrañó demasiado. Él ya sabe que no somos una familia, digamos, normal.

Pero por desgracia me ocurrió otra cosa muy bochornosa. Cuando BJ se iba acercando a nosotros, metí rápidamente la mano en el bolsillo de mi chaqueta para coger un caramelo de menta. Ya que un aliento fresco es la primera condición para que alguien se enamore de una. Pero con los nervios no pillé el caramelo, sino un botón viejo de un abrigo. Cuando noté la equivocación, ya era demasiado tarde para volvérmelo a sacar de la boca. Así que allí estaba yo como una pánfila con un botón en la boca. Lo malo es que el botón me abultaba mucho la mejilla y además no me permitía hablar bien.

Y cuando encima nos fuimos todos juntos a comer un perrito caliente, tuve que intentar comer con el botón en la boca. Entonces Justus me preguntó si no quería sacarme el botón de la boca, por lo menos para comer. ¡Qué vergüenza!

Hay una cosa en Justus que verdaderamente me crispa los nervios: siempre que aparecen sus amigos, tiene que soltar alguna de sus payasadas para que todos se puedan reír de mí. Por lo demás, es bastante agradable.

Pero no suelo tener problemas con las payasadas, en eso yo me llevo la palma.

Así que murmuré que mi dentista me había recomendado que hiciera eso antes de cada comida, que era un buen entrenamiento para los dientes. Justus no dijo nada, pero BJ se echó a reír a carcajadas y le dijo a Justus que sufría de un verdadero trastorno del buen gusto.

A mí me pareció muy bien que BJ quisiera defenderme, pero creo que no lo consiguió demasiado.

¡¿A lo mejor Justus es incluso más encantador que BJ?!

Por cierto, que la nueva creación de mi madre para mí fue un éxito total. Lo supe porque nadie me dijo nada. Le estuve muy agradecida a mi madre.

Dijo que mi peinado la había inspirado. Porque cuando lo vio, apartó enseguida el vestidito de cóctel que me había hecho, me embutió en unos vaqueros, sacó de entre sus cosas una vieja camiseta con la señal de la paz en el frente y me puso por encima un viejo chaleco de colores. Dijo que así parecía auténtica.

Aunque yo más bien creo que con esas pintas parecía como si quisiera ir a parar un transporte de residuos nucleares, me alegré, no obstante, de no tener que ponerme el vestidito para el cóctel.

Martes, 2 de mayo

Flippi es un verdadero desastre.

Hoy ha llamado la madre de un niño de su clase para quejarse a mi madre de ella.

Debió de ser algo muy gordo, porque mi madre se vio en verdaderos apuros para encontrar una explicación. Al principio, incluso intentó negar que Flippi era hija suya... Pero la otra madre no se dejó despistar, así que mi madre terminó diciendo:

—Qué extraño, pues no me puedo imaginar algo así en Flippi. No es para nada su estilo.

Bah, de Flippi se puede uno creer cualquier cosa. Mi madre debería darse por vencida. Da igual, lo que haya ocurrido, estoy completamente segura de que fue Flippi.

Después de la conversación telefónica, mi madre corrió a la habitación de mi hermana y le preguntó qué había ocurrido con Jan, el de su clase, que dicho sea de paso le saca toda una cabeza a Flippi.

Resultó que Jan estaba colado por Flippi. Y no se le ocurrió otra cosa que plantarse delante de Flippi con una tableta de chocolate en una mano y un ramo de pensamientos en la otra, y preguntarle si quería salir con él.

¿Y qué hizo mi hermanita?

Le dio una paliza. En serio. Al pobre chico le dio una manta de palos, y luego, le dijo que si quería que ella siguiera jugando al fútbol y coleccionando caracoles con él, que se dejara de esas chorradas tan asquerosas. Después, también le insultó tachándolo de asesino de flores e insistió en que las volviera a plantar.

Naturalmente se quedó con la tableta de chocolate y le dijo a Jan que si estaba dispuesto a disculparse por esta lamentable actuación, ella estaría dispuesta a compartir el chocolate con él.

Mi madre comprendió la argumentación de Flippi y terminó diciendo que Flippi hiciera el favor de no pegar siempre a chicos mayores, que le daba vergüenza tener que aguantar luego las quejas de las demás madres.

Flippi sólo le contestó lacónicamente que no se lo podía prometer, pero que haría un esfuerzo.

Increíble.

Y yo tuve un montón de problemas, porque en segundo le dije a Catalina que ya no quería ser su amiga. A mi madre aquello le pareció una desconsideración y me obligó a que me disculpara.

A esto que hace mi madre se le llama no medir las cosas por el mismo rasero. Bueno, así es cómo se diría si uno quiere ser cortés. Pero si se quiere llamar a las cosas por su nombre, la manera en la que me trata mi madre es una injusticia tan apestosa que ya clama al cielo.

De modo que no es de extrañar que me mueva siempre al filo de una depresión.

Miércoles por la tarde, 3 de mayo

No sé por qué, pero todo parece embrujado.

Justus quería ir conmigo al cine. Pero me pidió por favor que no volviera a mascar botones y que tampoco hacía falta que perdiera tanto tiempo con mi peinado, porque si no, seguro que tendríamos problemas con los espectadores de detrás, que continuamente me pedirían que me quitara el sombrero porque les tapaba la pantalla. Dijo que no tenía ningún inconveniente en explicárselo a ella, si mi madre ponía pegas.

Al principio quería ir, pero luego me acordé de que tenía que quedarme frente al teléfono esperando, porque había hecho magia para que BJ me llamara.

Pensándolo bien es una pena. Pero le dije a Justus que no podía ir. Primero no dijo nada, y luego me preguntó si es que tenía otros planes. Yo le contesté que no, que era porque tenía que ayudar a mi madre a hacer pepinos en conserva.

Yo qué sé cómo se me ocurrió decir eso. Si hoy en día ya no hay nadie que haga pepinos en conserva. Todo el mundo los compra en el supermercado.

Claro que lo del teléfono y BJ no se lo dije. La verdad es que no sé por qué.

El caso es que por la tarde estaba sentada frente al teléfono, con el oso en la mano estrujándolo y estrujándolo, y esperando. Hasta que por fin sonó el teléfono. ¿Y quién era? Eso no lo adivina nadie: Serafina.

El oso debe de tener algún defecto, yo le pido que me llame BJ, y en su lugar, me llama Serafina.

Bueno, da igual. Serafina quería saber si me apetecía ir hoy a la heladería y me dijo que BJ y los demás también estarían.

Ajá, pensé, el oso sí funciona. Pero por desgracia con rodeos. En fin, como aún es pequeño, no le saldrán los conjuros muy bien.

Así que en marcha hacia la heladería, a los brazos de BJ.

Miércoles por la noche, 3 de mayo

Fracaso total.

No había ni un alma en la heladería, así que me senté y esperé. Hasta que llegó BJ. Como era de suponer fue demasiado tímido para sentarse conmigo a la mesa. Se fue a la barra.

Delante de la heladería estaba Serafina con su hermano al arrastre. Ella señalaba con el dedo a BJ y luego a mí, y viceversa. Justus primero miró con asombro; más tarde, enfadado, y finalmente, se dio media vuelta y se marchó.

Serafina sonrió con aire de triunfo, vino tranquilamente andando a la heladería y se sentó al lado de BJ. Él la vio, consultó su reloj y le preguntó por su hermano. Serafina se encogió de hombros.

BJ estaba un poco mosqueado y preguntó qué pasaba, que ella le había llamado para que viniera a la heladería porque Justus quería hablar con él sobre algo muy importante y que ahora el que no venía era él. Serafina afirmó con toda su cara dura que ella no sabía dónde estaba Justus, pero que si él quería ella dejaba que la invitase a una Coca Cola.

Por alguna razón tuve la sensación de que allí se estaba cociendo algo y de que la causante de todo era Serafina.

Tiene pinta de cabra malvada, pensé, y enseguida se me ocurrió la idea apropiada. Haré que berree como una cabra. Yo apreté con fuerza el oso y le deseé que en su cuello se anidara el berreo de una cabra.

«Ya verás cómo hace el ridículo ante BJ», pensé mientras sonreía maliciosamente.

Pero Serafina no dijo ni una palabra, sólo miraba a BJ con ojos de ternera con dolor de tripas.

En cambio BJ miró a Serafina de arriba abajo, se dio media vuelta y antes de marchase le preguntó:

—No será otro de tus estúpidos jueguecitos, ¿verdad?

Yo tenía que evitar por todos los medios que BJ saliera de la heladería por culpa de esa cabra enfermiza. Por eso me levanté de un brinco, con la mala suerte de quedarme enganchada con la correa de mi mochila en la pata de la silla. Me quedé atrapada, la silla se volcó, yo me caí, y por si fuera poco, también tiré mi vaso de Coca Cola.

BJ se giró, miró con cara de lerdo, sonrió con sorna y se marchó. Y Serafina se echó a reír a carcajadas. Sonó como el berreo de una cabra. Pero, por desgracia, BJ ya no pudo oírla.

Jueves, 4 de mayo

Justus está enfadado conmigo.

Hoy en el colegio se me acercó y me dijo que si yo no tenía ganas de salir con él, que se lo dijera abiertamente y que no le mintiera. Dijo que le estaba agradecido a su hermana por haberle abierto los ojos.

Éste se ha vuelto loco de remate, o ¿qué? Es la primera vez que dice algo agradable sobre su hermana. Y lo peor es que no sé de qué me está hablando. Antes de que pudiera preguntarle, ya se había dado media vuelta y se había marchado.

No habían pasado ni dos segundos cuando apareció BJ, me sonrió y me dijo:

—Qué, ¿hoy en vertical?

Justus lo vio y su mirada se volvió todavía más enfadada. Con su absurda mirada me estropeó la alegría que sentí por el intento de acercamiento de BJ. ¿Se habrá enamorado BJ ahora realmente de mí?

Linda me contó que Serafina había dicho que con los chicos las cosas son así: cuanto más descarado es su comportamiento, más enamorados están de una chica. Probablemente sólo falte que BJ se dé cuenta de ello y entonces todo irá sobre ruedas. Pero como es un chico, eso puede durar una eternidad.

Porque los chicos no son precisamente unos linces en eso de darse cuenta de las cosas. Sobre todo, cuando se trata de sus propios sentimientos. Nosotras, las chicas, en cambio dominamos esas cosas a la primera. Sabemos enseguida lo que ocurre, reconocemos nuestros sentimientos y también los de los chicos.

Por alguna razón me encuentro bastante mal, como si necesitara llorar. Pero naturalmente no lo haré. Y tampoco echaré de menos a Justus. Eso seguro que no. Nunca en la vida. Puedo conquistar a BJ sin su ayuda, faltaría más. Al fin y al cabo tengo a mi oso y sé hacer magia.

Viernes a mediodía, 5 de mayo

Todo arreglado.

Tengo a BJ prácticamente asegurado. Voy a cantar en su grupo.

BJ participa pasado mañana en un concurso de talentos y Feli, la vocal del grupo, tiene una laringitis. Hoy he leído la convocatoria de BJ en el tablón de anuncios. Todas las que estén interesadas en sustituir como cantante a la enferma Feli que se presenten esta tarde para una prueba.

¡Hay que ver lo que discurre este oso! Yo digo que quiero cantar en el grupo de BJ y él le hace aparecer a Feli dolor de garganta. La verdad es que esto es un poco malvado. Feli me da pena, pero las brujas no podemos permitirnos ser sentimentales.

Una de mis colegas incluso se zampó una vez a un niño pequeño. No creo que Graetel pudiera salvar a Hansel en el último momento.

Bueno sea como sea, ahora yo me tengo que ir a la prueba y cantar.

Por cierto, que me da completamente igual que Justus esté enfadado conmigo.

Viernes por la noche, 5 de mayo

¡Jo, vaya avalancha! Asistieron todas las chicas del colegio.

Cuando llegaron BJ y su grupo tuvieron que abrirse paso a través de una enorme masa de gente que quería ser cantante. BJ se puso de mal humor y comentó que allí tendrían trabajo para por lo menos dos semanas. Pero todo fue mucho más rápido.

Primero descartó a todas las chicas menores de doce y mayores de quince años. Éstas protestaron, pero terminaron por largarse.

Después, BJ y los chicos desaparecieron en el

sótano de ensayos y Serafina intentó que las demás chicas se fueran a casa, contándoles que la cantante del grupo iba a ser ella. E, increíblemente, la mayoría de las chicas se lo creyeron y se marcharon.

A mí no me importó, de ese modo tendría menos competencia. Aunque en realidad me podía dar igual. Yo tenía conmigo a mi oso y él era el encargado de mi supervoz.

Por fin, BJ llamó a la primera.

Como no podía ser de otra manera, Serafina se coló, diciendo que le tocaba a ella.

Cuando volvió a salir les dijo a las demás que la prueba ya había terminado, y que BJ se había decidido por ella y que ya podían irse todas a casa. Esta vez, las pocas que no la habían creído en su primer intento se lo tragaron y se esfumaron.

Yo, naturalmente, no le creí ni una sola palabra y me quedé.

Hasta que BJ asomó la cabeza por la puerta. Se extrañó de que ya no quedara nadie y me hizo una señal con la mano para que entrara.

Lo que me pareció algo tonto fue que me preguntara por mi nombre, ¡qué tío! No querría que los demás de su grupo supieran que él y yo somos amigos, quizá para que no pensaran que él no estaba siendo neutral. Así que le seguí el juego.

Yo empecé a cantar y, durante todo el tiempo, mantuve la mano en el bolsillo estrujando el oso con todas mis fuerzas.

Sólo lo hice por si acaso, para que la magia no cediera. Sonó francamente bien. Bueno, en realidad yo no canto nada mal, y además con el oso en el bolsillo fue el no va más.

Uno de ellos, Andy, dijo enseguida que tenía una voz bastante útil y Daniel reconoció que yo al menos no era tan estirada como la tía de antes. Con eso se refería a Serafina, ja ja.

BJ se encogió de hombros y dijo que si sólo podía elegir entre la chiflada hermana de Justus y yo, pues que prefería escogerme a mí.

Después tuve que prometerle que no haría ninguna tontería, que no me caería en el escenario destrozando toda la instalación (con ello se refería a lo de la heladería), que no intentara cantar con un botón en la boca y que por favor no me volviera a hacer ese peinado de escoba despeluchada.

No me molestó en absoluto que no me hablara con tono de enamorado, porque sé por Linda que los chicos no pueden demostrar sus sentimientos.

Luego estuvimos ensayando un poco y Serafina asomó la cabeza por la puerta, preguntando cuándo íbamos a terminar de una vez, que no iba a estar esperando eternamente.

Yo le dije que ya no era necesario que esperara, porque BJ me había elegido a mí.

Y entonces ella explotó. Me cogió de las solapas y me siseó:

—Vas a arrepentirte de esto.

Como castigo le deseé que desapareciera todo el tinte de su pelo, pero al salir, cerró la puerta tan rápidamente de un portazo que desgraciadamente nadie pudo verlo.

Mi madre se puso loca de contenta cuando se lo conté. Se alegró tanto como si hubiera sido ella la que había sido elegida para cantar, y me explicó que ella siempre había soñado con ser cantante.

Pero lo peor fue que me amenazó con diseñar y coser un traje muy especial para mí.

Otra vez, no, ¿para qué están las tiendas? Esta mujer es capaz de estropearle a una toda su alegría.

Sábado, 6 de mayo

He vuelto a encontrarme a Klarafina sentada en su banco.

Extrañamente me transmite siempre el sentimiento de llegar tarde, como si hubiéramos quedado. Es una de esas viejas cascarrabias, pero entrañable. Realmente entrañable.

Quiso que la informara inmediatamente sobre cómo me iba mi vida.

Bueno, en ese aspecto sí que tenía buenas noticias que contar. Todo va de maravilla, mejor que bien, no podría ir mejor. Le conté cómo había conseguido ser cantante en el grupo del colegio, y Klarafina se sintió muy orgullosa de mí y se alegró mucho por mí.

Luego me dijo que empleara mi poder de forma útil.

Claro, eso ya lo hago.

Pero cuando dejé caer que estaba enamorada de BJ y que seguramente pronto le besaría, reaccionó horrorizada y me advirtió muy enérgicamente que sería mejor que me olvidara de eso.

Yo no le contesté. Pero, pensándolo bien, si ni siquiera le dejo a mi madre que me diga lo que tengo y lo que no tengo que hacer, como para que me venga ahora una viejecita arrugada a prohibirme algo. ¡Aunque se trate de una bruja!

Justus sigue sin hablar conmigo. ¡Pues que le zurzan!

Lunes, 8 de mayo

Ha sido superguay.

Mi vida es maravillosa y yo soy la estrella del colegio. No es de extrañar, ¡como soy una bruja!

Ayer fue el concurso de jóvenes talentos para grupos musicales. Canté como los ángeles y casi rompo al oso de tanto estrujarlo. BJ no hacía más que decirme que sacara la mano del bolsillo de la chaqueta, pero yo le contesté que las cantantes de ahora solían hacerlo, que lo había visto en un videoclip. Tras lo que BJ comentó, dirigiéndose a los demás, que esperaba que Feli se recuperara pronto.

Pero eso aún tardará un poco, porque tienen que sacarle las anginas. Y por ello, ¡qué bien!, ¡qué bien!, me tendrá que llevar a mí al estudio de grabaciones. Porque como era de esperar, ganamos el concurso.

Casi le cuento a BJ que lo habíamos conseguido gracias a mis poderes sobrenaturales, pero tal vez es mejor que piense que lo ha ganado él.

Después de la actuación hicieron un montón de fotos del grupo, y de BJ y de mí.

Pero en el momento crucial Flippi lo estropeó todo. Sí, esa renacuaja también estuvo allí con su cuadrilla de amigas enanas.

Le dije a mi madre que no le permitiese ir al concierto, y ella, ¿qué me contestó?, que no debería ser tan severa con Flippi, y que al fin y al cabo sus amigas también tenían derecho a asistir, ya que el concierto era a plena luz del día y encima se trataba de una función pública.

Así ocurrió que Flippi evitó que yo recibiera mi primer beso...

Todo empezó de ensueño.

El fotógrafo quería una foto sólo con BJ y conmigo. BJ debía echarme el brazo por el hombro y luego teníamos que mirar los dos por encima de nuestros hombros a la cámara y sonreír.

Y exactamente eso fue lo que hicimos. El fotógrafo quedó muy satisfecho. Después dijo que BJ me besara, que quedaría genial una foto de los dos besándonos.

Yo creí que se me paraba el corazón, había llegado a la meta de mis sueños. «Ahora todo irá bien, BJ va a besarme», pensé.

Pero a BJ no le pareció nada bien e intentó negociar con el fotógrafo, diciendo que prefería hacer alguna otra cosa antes que besarme. Naturalmente yo sé porqué lo hizo. Para nuestro primer beso BJ prefería estar conmigo a solas y no en un lugar tan poco romántico y delante de cientos de personas.

No había nada que hacer, el fotógrafo no cedió, le dijo a BJ que no se pusiera así, que al fin y al cabo no sería la primera vez que diese un beso a alguien. Además, sólo era para la foto y lo único que tenía que hacer era fingir. Lo que debía mostrar la foto es que él estaba completamente feliz con su nueva cantante.

De modo que BJ, finalmente, accedió, se inclinó sobre mí y justo antes de que sus labios tocaran los míos (por cierto que BJ no apuntó muy bien, si yo no hubiera girado la cabeza a tiempo, sólo habría sido un beso en la mejilla, al parecer no tiene tanta práctica como quiere hacer creer), la tonta del bote y lerda de mi hermana empezó a gritar: BJ, cuidado, Yoyo tiene la pubertad, y eso es contagioso.

BJ se encogió, se echó para atrás y le dijo al fotógrafo que era mejor que sólo me diera la mano. Y mi beso se quedó en agua de borrajas.

Flippi y las demás enanas se partían de risa.

Convertí a Flippi inmediatamente en una marmota, pero la perdí de vista. No es de extrañar con la cantidad de gente que había allí. Seguramente se la habrá encontrado uno de los niños y se habrá alegrado de tener ahora un animal de compañía. Por mí, encantada.

Aunque más tarde volvió a aparecer por casa,

y como Flippi. Ni siquiera le habían quedado restos de pelo o de bigote. No sé por qué mi magia durará tan poco.

Martes por la tarde, 9 de mayo

Klarafina no me entiende.

Hoy, al salir de clase, me he ido enseguida al centro y he buscado a Klarafina en la biblioteca, el parque, la heladería, en fin, en los lugares habituales. Ya iba a darme por vencida, cuando la vi sentada en un banco frente a la residencia de ancianos. Cuando me vio se puso algo nerviosa y me acompañó rápidamente hacia el parque, al banco donde suele esperarme.

Yo le pregunté si vivía en la residencia de ancianos, pero ella sólo puso los ojos en blanco y dijo que cómo se me había ocurrido semejante disparate.

Luego le conté todo con pelos y señales. La actuación, mi genial voz, que ganamos el primer premio y también lo de Flippi y mi beso.

Klarafina escuchó todo atentamente, pero en algunos puntos se ponía muy inquieta. Cuando le conté el triste final de mi fallido primer beso, se mostró visiblemente aliviada:

—¡Menos mal que estaba Flippi! —suspiró.

¿¿Menos mal?? ¡Flippi es una catástrofe con patas! Pero Klarafina lo negó con la cabeza y dijo que debería estarle agradecida.

¿Cómo dices? Definitivamente Klarafina no ha tenido nunca una hermana pequeña, de lo contrario sabría que el agradecimiento y las hermanas pequeñas son incompatibles. Yo quería volver a explicarle a Klarafina todo lo que había ocurrido, porque estaba convencida de que en algún punto se había perdido y no lo había entendido bien. Pero ella añadió que yo había tenido mucha suerte y que el asunto también podía haber salido mal.

¡Ésta no tiene ni idea! El asunto ha salido mal, pero Klarafina no se entera ni aunque le haga un croquis.

Tal vez lo que no tenga muy claro sea el concepto en sí del amor. Primero uno se enamora, luego se besa. Pero ella nunca quiere oír siquiera hablar del amor, siempre me advierte sobre ello.

Me gustaría saber qué tiene Klarafina en contra de que yo bese a BJ. A lo mejor también debería buscarle un marido a Klarafina. Porque si se enamorase, entonces comprendería de lo que le estoy hablando. Seguro que ella me lo agradecería y no armaría tanto revuelo como mi madre.

Cuando se lo propuse casi le dio algo.

—¡Pero Yoyo, que idea tan *peliabunda!*

Lo malo es que no tengo ni idea de qué significa *peliabunda*. Y ahora no estoy segura de si estaba encantada o escandalizada.

Martes por la noche, 9 de mayo

Jo, tío, hoy por poco sucede lo de mi primer beso.

Estuvimos toda la tarde ensayando y ni siquiera cometí una de mis torpezas. En serio, estuve completamente normal. Claro que BJ no me pone ni mucho menos tan nerviosa como Justus.

Bah, Justus, por él ya no voy a desperdiciar ni un solo pensamiento. En serio. Me da completamente igual lo que haga. No me interesa en absoluto.

En el recreo estuvo tonteando con una de esas pavas de la clase paralela. Linda estuvo todo el tiempo colgada de mi brazo suspirando y mareándome con lo guapo que era Justus y lo bueno que está y que cuánto le gustaría estar enamorada de él, pero que Serafina no se lo permitía, y que qué suerte tenía yo por haber salido alguna vez con él. Luego me preguntó si de verdad no me gustaba.

—¿Justus? ¡Qué va! No es para nada mi tipo.

Entonces Linda se sintió aliviada, y quiso que le diera todo tipo de consejos para que Justus la invitase algún día al cine o a tomar un helado.

¡Y me lo pregunta precisamente a mí! Pero entonces recordé que ahora soy una bruja que todo lo puede y todo lo sabe.

Así que le expliqué cómo se consigue que un chico se enamore de una. Todo comienza por llevar el *look* apropiado. Una debería estilizarse de tal forma que aparente por lo menos tres años más. Lo mejor es que incluso se diga que se tiene más edad de la que se tiene realmente. Si alguien pregunta que por qué entonces no está en una clase superior, se contesta que es porque entró en el colegio con nueve años debido a que los padres pertenecen a una secta que no permite la escolarización antes de los nueve. Después, se le echan miradas significativas al elegido y lo mejor es que se haga cuando estén todos sus amigos delante. Cuando sus colegas empiecen a tomarle el pelo y hacer chistes sobre ello, se sabe que se está en el buen camino. Y cuando se te acerque despotricando y diciendo que dejes de mirarle como una pava, puedes estar segura de que ha mordido el anzuelo.

Claro que una también se puede acercar al chico que le gusta y preguntarle si tiene ganas de ir con ella al cine. Pero eso no es tan emocionante.

Linda se quedó completamente fascinada con mi discurso; por cierto, yo también, y dijo que era una verdadera pena que no pudiera ser mi mejor amiga, porque Serafina jamás se lo permitiría.

Pobre Linda.

Volvamos de nuevo al ensayo y a mi beso que no fue tal.

BJ estaba muy contento conmigo y continuamente me elogiaba. Cuando por fin terminamos, se había hecho bastante tarde y BJ se ofreció para acompañarme a casa.

¡Guau, BJ me acompaña a casa! ¡Yo estaba que no cabía en mí!

De modo que allí estábamos, delante de mi puerta, yo estrujándome los sesos, pensando en qué se podía decir en una situación de éstas. Intenté recordar todo tipo de películas, pero no se me ocurrió ninguna escena adecuada, cuyo texto además me supiera de memoria.

Así que empecé a dibujar con el pie círculos en el asfalto. Lo había leído una vez en un libro. La chica estaba enamorada y el chico se dio cuenta por ese detalle.

Pero de entrada BJ no se dio cuenta de nada, y eso que incluso empecé a dibujar con el pie corazones invisibles sobre el asfalto.

BJ me puso la mano sobre el hombro y dijo:

—Bueno, pues nada...

¿Qué quiere decir «Bueno, pues nada» en una situación así? Bueno, pues nada... ¿Nos besamos? Bueno, pues nada... ¿Quieres salir conmigo? Pero, no, BJ dijo:

—Bueno, pues nada... ¡Adiós!

Maldición, esto no es lo que estaba planeado.

Yo rápidamente le comenté:

—Oye, ¿qué te parece mi voz?

—Me parece estupenda, de verdad, eres genial.

—¿Y por lo demás? —añadí.

—¿A qué te refieres con lo demás?

—Pues eso, a lo demás...

Qué diálogo más tonto, en mi vida he oído o leído yo algo tan absurdo.

—Tienes una voz realmente buena. Y eso que aún sólo tienes trece años.

He vuelto a recordar mi texto:

—Pronto cumpliré quince.

BJ se quedó muy sorprendido:

—¿Ah sí? ¿Cuándo?

Con voz casi inaudible contesté:

—Dentro de dos años.

BJ se echó a reír.

Éste era el momento de emplear el oso. Esto no podía seguir así, tenía que hacer magia. Apreté el oso y deseé que BJ me besara. Yo entre tanto fui cerrando los ojos y esperé.

De repente se abrió una ventana y escuché la voz de pito de Flippi:

—Yoyo, mira a ver si espabilas, es hora de irse a la cama. A estas horas, las niñas de tu edad ya deberían estar entre las sábanas.

No podía creer lo que estaba oyendo y abrí los ojos de golpe.

BJ se echó a reír, miró para arriba hacia Flippi y dijo:

—Sí, yo también lo creo, ya se le estaban cerrando los ojos del sueño que tiene.

A continuación me dio unas palmaditas en el hombro y se marchó.

No podía ser cierto. Flippi acababa de estropear mi segundo primer beso.

Flippi, te arrepentirás. Voy a echarte a nuestra madre encima.

Hace dos días que no he visto a Justus.

¿Estará enfermo? En realidad me es completamente indiferente, sólo es por si tiene algo contagioso como la varicela, las paperas o algo así. En ese caso, sí debería saberlo, para no ilusionarme por si me encuentro un granito de varicela o algo parecido en la nariz, y yo creo que se trata de una espinilla.

Miércoles por la tarde, 10 de mayo

Hoy ha sido el día más horrible de mi vida, todo ha terminado. BJ me odia. Si alguna vez estuvo enamorado de mí, ahora seguro que ya no lo está. Todo es tan terrible.

Y toda la culpa la tiene Flippi. Esto no se lo perdonaré en la vida.

Ayer por la noche, durante la cena, le dije a mi madre que creía que Flippi tenía serios problemas psicológicos, porque no era capaz de ver a dos enamorados besarse y siempre intentaba evitarlo obsesivamente. Le dije a mi madre que eso seguramente era debido a que había crecido sin padre y que mi madre debería ocuparse de ella urgentemente.

Esto es, por así decirlo, la maldad más malvada que Flippi y yo podemos hacernos la una a la otra: encargarnos de que nuestra madre se ocupe de nosotras. Porque entonces siempre quiere pasar mucho tiempo con nosotras e incluso se pone a guisar para nosotras.

La función comienza siempre con el acto de la cocina.

Ella entra en la cocina y, en primer lugar, se sorprende y está encantada de la cantidad de herramientas específicas que encuentra por todas partes. Estamos hablando de cucharones, batidora y cosas así. Después, al poco rato, la cocina parece un laboratorio químico tras una explosión.

Luego, cuando ha conseguido mezclar algo y lo ha calentado, lo denomina un plato caliente. Y no siempre lo es, porque tampoco domina muy bien los fogones y siempre enciende los que no son. Transcurridos cinco minutos declara la comida por terminada, la paciencia en la cocina tampoco es una de sus virtudes.

Entonces, ella se sienta, inquieta, frente a nosotras, y nos observa cómo nos llevamos el tenedor a la boca. Más tarde quiere saber qué tal está.

Siempre sabe asqueroso, pero nosotras decimos como unas valientes que está bueno. Como sabemos que lo hace con buena intención...

A veces le preguntamos por qué tiene la salsa grumos tan grandes, y ella nos contesta que no son grumos, sino champiñones. Cuando en realidad los champiñones siguen en el bote, y éste está al lado de los fogones, sin abrir. Mi madre no suele enterarse de estas cosas. Ella se hace a la idea de que hay champiñones en la salsa y eso ya es suficiente. Si dice ella que los champiñones están ahí es que están ahí, aunque nosotras estemos mascando en realidad grumos de harina.

Cuando nosotras ya hemos terminado, entonces es ella la que prueba la comida, hace una mueca y dice:

—¡Agg!, esto no hay quien se lo coma.

Le entra tal remordimiento de conciencia que nos invita a comer una pizza. Ésta es la parte buena de la atención personal.

Pero aquí no se termina. Ya de nuevo en casa, quiere jugar con nosotras a algún juego de mesa.

Esto es muy agotador, porque es la peor ganadora del mundo. Cada vez que gana, se lamenta diciendo que no lo ha hecho a propósito y que lo siente muchísimo.

Entonces nos tiramos dos horas consolándola y no para hasta que nos inventamos una regla por la cual ella, al final de todo, no ha ganado.

Durante estas fases de atención concentrada, tampoco es aconsejable traer a casa a ninguna amiga, porque mi madre no tiene ningún reparo en aplicar la terapia también con los hijos de los demás.

Bueno, yo de todas formas ya no tengo amigas, pero Flippi tiene un séquito bastante numeroso y, a estas alturas, la mayoría, antes de venir a ver a mi hermana, le pregunta si está o no mi madre en casa.

Resumiendo: cuando mi madre se ocupa de nosotras es un verdadero castigo.

Y exactamente por eso lo he hecho. Flippi tenía que ser castigada por haberme estropeado mi primer beso.

En realidad el hecho de haberla convertido en marmota ya pretendía ser un castigo y una advertencia para el futuro, pero Flippi no ha aprendido nada de ello. Además, ha negado haber sido nunca una marmota.

Así que ahora tiene a nuestra madre colgada del cuello.

Flippi estaba tan enfadada que me quitó el oso.

Ella lo vio y quiso saber enseguida de dónde lo había sacado. Naturalmente no le conté ni una palabra, sino que dije que saliera de mi habitación y me dejara en paz.

Pero ella no sólo no se fue, sino que siguió haciéndome rabiar. Entonces le advertí que le diría al oso que la mordiera en la nariz si no dejaba de meterse donde no la llamaban.

Tendría que haber sabido que con Flippi esto no iba a funcionar. Seguro que habrá pensado: «Y ahora menos aún». Y con ésas me robó mi oso del bolsillo de mi chaqueta. Para que no lo notara tan pronto, me metió otra cosa en el bolsillo: un montadito de chocolate, sin envoltorio.

Claro que cuando yo me puse en camino hacia el estudio de grabaciones, eso no lo sabía.

Así que allí estaba yo, en el estudio de grabaciones, y todo en orden, podíamos empezar. Así que me puse en posición, metí la mano en el bolsillo y estrujé lo que yo creía el oso, pero, por desgracia, lo que estrujé fue el montadito de chocolate. Lo hice puré.

Me asusté tanto que empecé a gritar. Y cuando luego saqué la mano pringada de chocolate del bolsillo, a BJ casi le da un ataque. Me dijo que no hiciera ninguno de mis descerebrados numeritos allí delante, y que empezase a cantar de una vez.

Cómo iba a cantar sin oso. Eso era imposible. Seguro que cacarearía como una gallina, pero no le podía dar esa explicación a BJ. Así que de momento seguí gritando, y más aún porque pensaba que había espachurrado al oso y me daba un asco horrible.

BJ se giró, me dijo que me largara, y luego, se dirigió al jefe del estudio para informarle de que volvería cuando su cantante habitual y normal se hubiera recuperado. Y lo de «normal» lo acentuó, mirándome significativamente. Entonces yo me marché a casa.

Así de rápido puede acabar una carrera prometedora. Ahora lo de ser cantante se ha acabado. Pero qué digo lo de cantar, mi vida entera está acabada.

Además, odio a Justus. No volveré a hablar con él ni una sola palabra. Linda me contó que lo había visto con dos chicas de segundo de Secundaria en la heladería. Ella estaba bastante triste. Cómo le ha podido hacer algo así a Linda. Es un miserable.

Miércoles por la noche, 10 de mayo

Por si fuera poco ahora también tengo problemas con mi madre.

Y todo por culpa de Flippi.

Cuando llegué del estudio de grabaciones a casa, me lancé hecha una furia directamente a la habitación de Flippi y le di tal mamporro a esa pulga que la envié directamente debajo de su escritorio. Luego revolví toda la habitación en busca de mi oso. Pero de qué manera..., digna de una película policíaca. Todo lo que iba cayendo en mis manos volaba acto seguido por los aires, dejé regado todo el suelo de diferentes objetos.

Resultado: nada. Así que volví a agarrar a Flippi por las solapas y le grité:

—¿Dónde está? ¡Vamos, dámelo ahora mismo!

Ella se hizo la tonta y me miró con cara de no haber roto un plato en su vida.

—¿A qué te refieres? —dijo, sabiendo exactamente a lo que me refería.

Yo me puse aún más furiosa y, por si acaso, ella empezó a llamar a voces a su mami, mientras me propinaba una patada en la espinilla.

Mi madre vino, lo vio y empezó a bufar.

—¿Qué está pasando aquí? ¡Dejad ahora mismo de pegaros!

Pero eso no funciona así como así.

La pobre nos separó como pudo. Flippi seguía intentando darme patadas y puñetazos y berreaba:

—Siempre que no encuentra algo tiene que echarme a mí la culpa.

—Porque siempre coges mis cosas. Y ahora dame el oso.

Mi madre soltó a Flippi y a mí me arrastró hacia la puerta de la habitación. Luego vino lo que tanto odio:

—Yoyo, tú eres la mayor y la más sensata...

Yo protesté:

—Pero ella me ha cogido mi oso, lo sé. Y lo necesito urgentemente.

Mi madre, muy serena, en un tono típico de madres enfadadas dijo:

—Pero, Yoyo, ¿cómo puedes necesitar un oso de peluche urgentemente? Flippi, ¿lo tienes?

Flippi con cara de santa:

—¿Yo? Qué va.

Y mi madre la creyó. Esto es increíble. Hice un leve intento:

—Pero...

Mi madre se hartó:

—Yoyo, ya no quiero oír nada más que tengo que trabajar —murmurando algo para sí misma, me sacó de la habitación.

Flippi..., espera y verás, mi venganza será terrible. Y ya sé incluso lo que voy a hacer. Algo significativo, importante. ¡Flippi debe aprender a quedarse en su habitación y a no husmear en mis cosas! Untaré la silla de su escritorio con pegamento rápido y cuando se siente se quedará atrapada. Durante mucho tiempo.

Domingo, 14 de mayo

Mi madre sigue enfadada. Pero enfadada de verdad. Está harta de nosotras. La idea del pegamento no le hizo ninguna gracia. No se percató de la simbología, sólo pensó que era una barbaridad. Aún se está pensando un castigo.

Ups, ya me está gritando otra vez que apague la luz. Será mejor que lo haga.

Lunes, 15 de mayo

Esto tiene uno que verlo con sus propios ojos para creerlo. Estamos sentadas a la mesa para desayunar. Mi madre está untando bocadillos para el colegio. Ya tiene untados siete sándwiches. Un silencio sepulcral, hasta Flippi está callada, que ya es decir.

Yo intento con cautela iniciar una conversación:

—Mami, si yo sólo quería...

Mi madre me interrumpe inmediatamente:

—No tienes excusa, eres demasiado mayorcita para hacer estas tonterías. ¿Pero en qué estabas pensando?

—Pensaba...

Mi madre me corta nuevamente:

—Cállate, no quiero oír nada.

Estupendo, ¿verdad? Esto es típico de las madres, te hacen una pregunta y, cuando quieres contestarles, dicen: «¡Cállate!»

Furiosa, sigue untando rebanada tras rebanada. Mientras tanto, como no presta ninguna atención a lo que está haciendo, ya va por el décimo bocadillo.

Flippi me hace una señal y me mira con cara de preocupación. Mi madre ha vuelto a ponerle otro bocadillo delante y aún prosigue con su tarea.

Yo sólo me encojo de hombros.

Mi madre me mira.

—Sigo sin poder creérmelo. ¿Por qué haces estas cosas?

Yo, nuevamente, muy cautelosa le respondo:

—Pero mami...

Ella levanta la mano:

—No digas nada.

Flippi interviene:

—Mami, lo que Yoyo intenta decirte es que llevas ya doce bocadillos untados. Con eso puedo alimentar a toda mi clase.

Mi madre le bufa también a ella:

—Y tú también te callas.

Luego mira los bocadillos, suelta el cuchillo y dice:

—Desde luego, soy demasiado buena con vosotras.

Vuelve a recoger todos los bocadillos y los amontona en su plato.

—Haceros vosotras mismas vuestros bocadillos. ¡Éstos son para mí! —murmura mientras muerde gustosamente uno de los bocadillos y se va con el plato en la mano a su cuarto de la costura.

Con semejante ejemplo, ¿cómo vamos a convertirnos los niños en gente de provecho?

Entonces Flippi me entregó el oso por encima de la mesa con gesto de arrepentimiento y yo estaba demasiado hecha polvo como para darle una bofetada.

Qué extraño. Echo de menos a Justus. Qué pena que ya no seamos amigos. No es que yo esté enamorada de él ni nada de eso. Es sólo que..., jo, no lo sé. Él es un buen chico. En realidad es bastante guay. Bueno, quiero decir guay en el buen sentido de la palabra, no guay lerdo, como la mayoría.

Miércoles, 17 de mayo

Voy a untar a Flippi con alquitrán y le voy a vaciar un saco de plumas por encima. Ha hecho lo más humillante que podía haber hecho. Le ha escrito a Justus una carta de amor. ¡En mi nombre! Y yo no tenía ni idea.

Ocurrió lo siguiente: esta tarde estaba yo tumbada de muy mal humor sobre mi cama y pronuncié el deseo de que me llamara BJ por teléfono. Pero nada. No sé lo que le pasa al oso.

Sonó el timbre de la puerta y poco después se asomó mi madre a mi habitación:

—Yoyo, tienes una visita.

«Guau, BJ viene a visitarme. Qué locura», pensé.

Me levanté de un brinco y al echar una mirada a mi habitación, me entró pánico. Rápidamente escondí el oso debajo de la manta y todo lo que parecía de niñas pequeñas lo metí debajo de la cama.

A continuación me volví a echar, aunque todavía sin aliento, encima de la cama, cogí un libro e hice como si estuviera leyendo. Pero, por desgracia, no me di cuenta de que sostenía el libro al revés.

La puerta se abrió, yo levanté la mirada del libro y... quien estaba en la puerta no era BJ, sino Justus. Yo me quedé completamente aturdida y dije:

—¡¿Ah, eres tú?!

Justus se enfadó un poco:

—Pues sí, ¿acaso esperabas a otra persona?

Bueno, en realidad, sí, ya se lo había dicho explícitamente al oso: «Quiero que me llame BJ.»

Pero entonces sentí que de verdad me alegraba de ver a Justus. En serio. Así que dije enseguida:

—Qué va, sólo que me ha extrañado verte a ti. Por cierto, ¿qué haces aquí?

Justus no me contestó, señaló mi libro y dijo:

—Qué, ¿ahora te dedicas a leer los libros al revés?

Qué corte.

—Desde luego —contesté—, es un buen entrenamiento para el pensamiento lógico.

Justus no me creyó ni una sola palabra. Ni siquiera cuando le dije que lo había leído en un libro especializado titulado *Pensamiento lógico para principiantes* del Profesor Dr. Hans-Joachim Winzelpütz.

Yo me levanté, aparté el libro y me lo quedé mirando.

Noté que Justus se ruborizaba un poco. En serio, yo nunca lo había visto así.

Luego, murmuró:

—Gracias por la carta.

—Carta, ¿qué carta? —le respondí.

Justus me contestó:

—Tu carta. La que me entregó tu hermana pequeña.

—¿Que esa renacuaja te ha entregado una carta?

Justus se quedó algo sorprendido.

—Sí, y me dio recuerdos de tu parte. Y estaba firmada con tu nombre.

—¡Dios mío!

No fui capaz de decir nada más. Seguro que Flippi no lo había hecho para darme una alegría, sino para dejarme en evidencia. Así que, por si las moscas, le dije a Justus rápidamente que yo no tenía nada que ver con esa carta, que la habría escrito la chiflada de mi hermana pequeña.

Justus se quedó visiblemente decepcionado:

—Ah. ¿Y nada de lo que pone en la carta es cierto?

—Ni una sola palabra.

—¡Qué pena! —Justus no parecía muy contento.

Me arrepentí al instante de haber dicho aquello, porque me picaba la curiosidad y quería saber lo que ponía en la carta.

Pero Justus no se dejó sonsacar:

—Qué más da, si tú no la has escrito.

¡Maldición! Me hubiera gustado saber lo que ponía en esa carta, porque por lo visto Justus no estaba enfadado. Tal vez era una carta agradable.

Ha debido de serlo, porque Justus me acaba de poner un regalo delante de mis narices.

—Toma, te lo puedes quedar de todas formas.

Me quedé completamente eclipsada. Mi primer regalo de un chico.

Lo abrí muy excitada y me puse roja como un tomate. Era un reloj. De color fucsia con corazoncitos. Es taaan bonito. Siempre quise tener uno de éstos. Justus es taaaan encantador. ¿Qué pondría en la carta?

Cuando Justus se marchó, me quedé pensando si debía realmente castigar a Flippi. En realidad con su extraña carta nos había vuelto a juntar a Justus y a mí. Bueno, juntar lo que se dice juntar... Nos volvemos a hablar, porque le he podido explicar lo que ocurrió en la heladería. Lo entendió enseguida y dijo que era típico de Serafina, que no tenía más que ideas maquiavélicas en su cabeza. Y que por eso ya no estaba enfadado conmigo.

Entonces me preguntó si era cierto que yo estaba enamorada de BJ. ¡Huy!, ésa sí que era una pregunta comprometida. Yo le contesté que yo no estaba enamorada de nadie. Que mi madre me lo había prohibido, porque era algo malsano.

Justus se me quedó mirando, con expresión de compasión.

—Tu madre es un poco extraña, ¿no?

En eso sólo podía darle la razón.

Hasta podría resultar que Flippi finalmente no sea tan mal bicho. Le pregunté por qué le había escrito a Justus una carta en mi nombre. Y qué fue lo que contestó. Me dijo que le dio pena que últimamente yo estuviera tan triste y pensó que probablemente fuera porque ya no me veía con Justus. Por eso le escribió una carta de amor.

Yo me quedé muy emocionada, la abracé con fuerza y le dije que lo que había hecho no había estado bien, aunque por otro lado sí que había estado bien. Pero eso sólo la dejó confundida y yo no supe explicárselo mejor.

Este día casi se convierte en el primer día en que no discutimos entre nosotras.

Pero entonces me dijo:

—Por si las moscas, también le he escrito una carta a BJ.

Al parecer ella esperaba que la abrazara y achuchara aún más y se quedó completamente perpleja cuando en vez de eso, la agarré por los hombros y la zarandeé gritándole que era la hermana más mala del mundo.

Flippi me chilló que hiciera el favor de vacunarme contra la pubertad, que no había quién me aguantara. A continuación me dio una patada en la espinilla y se largó.

Me siento humillada hasta lo más profundo. ¿Qué va a pensar BJ de mí? No podré volver al colegio nunca más, no podré volver a aparecer por allí.

Mi vida está arruinada.

Tendré que dejar el colegio. Con trece años. ¡¿Qué va a ser de mí?! Me refiero, profesionalmente por ejemplo. Sin Bachillerato..., dejando el colegio en mitad de primero de Secundaria. ¿A qué podré aspirar entonces?

Me temo que no llegaré ni a ministra. Porque ésta era mi alternativa, en el caso de que la carrera de cantante fallara. Y ésa creo que ya ha pasado a mejor vida gracias al montadito de chocolate. Por todos los santos, ¿cómo va a acabar todo esto?

Yo lloré un poco y le conté al oso mis penas. Y haciéndolo me acordé de que soy una bruja y de que no tengo ninguna razón por la que estar lamentándome. No entiendo por qué se me olvidará constantemente un detalle así.

Jueves, 18 de mayo

Otra vez tengo un problema. No hay un solo día sin estrés.

Había quedado con Justus en la heladería. De camino hacia allí, me encontré con Klarafina, que estaba sentada en un banco del parque. Como es normal me acerqué primero a verla, aunque en realidad, llegaba un poco tarde, pero pensé que Justus de todas formas me esperaría.

Klarafina estaba allí sentada, tan sola, que pensé que sería mejor ver qué tal estaba.

No tenía tan buen humor como de costumbre y me reprochó que había llegado tarde. Yo pensé que se refería a mi cita con Justus y me estaba preguntando cómo demonios podía ella saberlo, pero le dije:

—Bah, sólo me he retrasado unos minutos de nada.

Ella me contestó que cómo que unos minutos, que llevaba más de tres horas esperándome. Yo le contesté que eso no podía ser, porque yo no había quedado con ella.

Klarafina suspiró profundamente y dijo que me había mandado un mensaje por telepatía, que si no lo había recibido.

¡Qué va! Esto sí que es bueno, ahora las brujas se comunican por transmisión de pensamientos y yo sin saberlo.

Pero no quise admitir mi ignorancia, al fin y al cabo podría ser que las brujas normales lo sepan automáticamente y que yo sólo sea una bruja de segunda categoría. Como aún fallan algunas cosas en mi magia... Además, hasta que no sepa si es por culpa mía o por la del oso, es mejor mantener la boca cerrada.

De modo que le dije que a mí no me había llegado nada. Klarafina me miró con el ceño fruncido, y finalmente me dijo que me sentara y me dio una copa de helado.

Estuvimos charlando tranquilamente, hasta que de repente empezó a ponerse nerviosa. Cuando le pregunté que qué le ocurría, me explicó que estaba recibiendo una noticia pero que debía de haber alguna interferencia y que necesitaba cambiar por un momento su posición. Entonces me puso su copa de helado en la mano y desapareció. Pero Matilde, su bolso de mano, continuó a mi lado.

Matilde me dio pena y me puse a conversar un poco con ella para que no echara tanto en falta a Klarafina.

De repente, escuché una voz a mis espaldas:

—Oye, Yoyo, dónde te metes, habíamos quedado, ¿recuerdas?

Justus estaba justamente detrás de mí. Menudo susto me dio.

Y antes de que yo pudiera decir nada me preguntó:

—¿Qué pasa? ¿Ahora también hablas sola?

—Qué va —le respondí, pero luego pensé que tal vez me había oído hablar con Matilde y me corregí.

—Bueno, sí.

Justus rodeó el banco y se sentó a mi lado. Entonces vio las dos copas de helado en mis manos y me miró algo extrañado.

Yo puse una de ellas en su mano y le dije:

—Toma ésta es para ti. Pensé que sería mejor comernos el helado en el parque.

Él la cogió. Estaba totalmente confundido, pero empezó a comerse el helado.

Aún le tenía que explicar por qué estaba hablando sola, así que le dije que estaba ensayando un número de ventrílocuo para la fiesta del colegio.

Justus me preguntó:

—¿Para qué fiesta?

—Pues para una cualquiera. Digo yo que alguna vez volveremos a hacer una fiesta en el colegio, ¿no? Y para entonces quiero estar preparada.

Para darle más credibilidad a lo dicho, arranqué una margarita, la sujeté por el tallo y se la puse a Justus delante de las narices.

La movía arriba y abajo como si fuera un muñeco, distorsioné mi voz y, sin mover la boca, dije:

—Hola, Justus, soy Gloria la margarita.

No debió de salirme muy bien, porque Justus se me quedó mirando como si me faltara algún tornillo, se encogió de hombros y me dijo:

—Tú estás pirada.

Tiré a Gloria por encima de mi hombro y volví a concentrarme en mi helado.

Mientras tanto se me ocurrió algo para cambiar de tema.

—Por cierto, que el reloj que me regalaste mola mogollón.

A Justus este comentario le ruborizó un poco. Lo noté por el gesto desenfadado que hizo con su cucharilla llena de helado, lanzando su contenido por los aires como si fuera una catapulta. El helado fue a parar justamente encima de un gorrión. A Justus le dio mucho corte.

Para evitar hacerle pasar más vergüenza a Justus y para reafirmar mi cumplido, consulté la hora en mi reloj de color fucsia. Pero, por desgracia, no me di cuenta de que aún tenía la copa de helado en mi mano y, plof, el helado acabó encima de mi pantalón.

Justus me ayudó de forma bastante torpe a retirar el helado de mi pantalón.

Después de eso ninguno de los dos supo qué decir, y además, el helado también se había acabado.

Suerte que justo en ese momento volvió Klarafina.

Cogió su bolso y le dijo:

—Ah, con que aquí es donde te había dejado olvidado.

Después, su mirada fue a parar a las copas de helado vacías, luego a mí y nuevamente a Matilde. Abrió el bolso, miró dentro, y comentó en voz alta con el ceño fruncido:

—Éstos eran los dos últimos.

Y, con un profundo suspiro, añadió que le había surgido una emergencia y que tendríamos que quedar en otra ocasión. Y se esfumó.

Justus quiso saber quién era esa señora y qué significaba todo aquello, y si yo me había comido el helado de esa ancianita.

Yo le contesté que yo no, pero que él sí.

A lo que Justus contestó que sólo lo había cogido porque creyó que era mío.

—¿Ah, sí? De modo que creías que yo estaba aquí más sola que la una sentada en el parque con dos copas de helado en las manos, ¿no?

Cuando miré a Justus comprendí que nuestra

conversación estaba yéndose al traste, pero no supe cómo pararla. Justus sólo contestó que tratándose de mí ya no le sorprendía nada.

Yo no supe qué decir y por eso le pregunté que por qué estaba espiándome. Él se enfadó y afirmó que definitivamente yo no estaba bien de la cabeza.

Tras eso, yo quise devolverle el reloj pero él se levantó y me contestó que me lo podía quedar tranquilamente, que de esa forma al menos llevaría algo encima que funcionase como es debido, y con ésas se marchó.

Y ahora no estoy segura de lo que ocurre con Justus y conmigo. ¿Seguimos hablándonos, o no? ¿Tengo que disculparme con él, o él conmigo? ¿Cuenta esto oficialmente como discusión? Y si es así, ¿significa esto que ya no somos amigos?

Si contamos el asunto de la heladería, mirándolo bien, es ya la segunda vez que nos enfadamos.

Lo que necesitaría saber es cuántas veces puede uno enfadarse antes de que se rompa una amistad. ¿Habrá en esto una especie de límite, como por ejemplo: tres veces o diez veces y luego se ha terminado?

Esperaré. Como último recurso Flippi podría volver a escribirle una carta. Y ahora que lo pienso..., sigo sin saber lo que ponía exactamente en esa carta.

En un principio Flippi dijo que ya no se acordaba; después, cuando nos peleamos, me dijo muy enfadada que había copiado una receta de albóndigas en su salsa.

Si eso fuera cierto, debe de ser el plato preferido de Justus, porque si no, no me habría regalado el reloj.

Lunes, 22 de mayo

Este drama no tiene fin.

Nunca me hubiera imaginado que las cosas aún podían ir peor, pero lo hicieron. Ahora la catástrofe ha llegado a su cumbre, y todo por una tendencia de la moda.

En el colegio todos llevan la misma chaqueta.

Y no es que tengamos que llevar uniforme, no, pero todo el que medianamente quiere estar a la última lleva una chaqueta vaquera, descolorida y deshilachada con unas letras japonesas en la espalda. Nadie tiene ni idea de lo que significan. Yo creo que las han copiado de alguna carta de cualquier restaurante japonés y que significa «Filete empanado con patatas fritas y mayonesa», pero en japonés.

Unos pocos románticos opinan que se trata de alguna vieja bendición japonesa que viene a decir algo así como: «Que el sol te alumbre el camino en el día de hoy y durante tu futuro, para que camines feliz y despreocupado por la vida».

Sin embargo, los chicos se inclinan más por el significado: «Muerte al traidor». Bueno, da igual. La cuestión es que casi todo el mundo en el colegio lleva la misma chaqueta.

Y sólo y únicamente por eso, es por lo que pudo ocurrir lo que ocurrió; y yo no me di cuenta hasta que llegué a casa. Fue que llevaba la chaqueta cambiada. ¡¡La chaqueta en la que llevaba el oso!! ¡Mi oso ha desaparecido!

¿Y quién lo tiene? Serafina.

Precisamente, Serafina. Lo sé a ciencia cierta, porque en la chaqueta que yo llevaba me encontré una carta de Linda a Serafina. Le escribía que le habían comprado un cinturón de charol nuevo, precioso, de color fucsia y que, si Serafina se lo permitía, lo llevaría algún día. Le preguntaba si a ella le gustaría ponérselo alguna vez y que Linda aún no lo había estrenado porque sabía que a Serafina no le gustaba ponerse cosas usadas.

Se me revuelven las tripas cuando leo cosas así. Pero para qué me preocupo yo ahora por Linda, si mi mundo se está derrumbando y yo seguramente me moriré de tristeza.

¡Esto es una verdadera catástrofe! Seguro que Serafina encontrará el oso y descubrirá su secreto. Entonces Serafina podrá hacer magia. De todas las personas del mundo, ella debería ser la última persona a la que se le debería permitir hacer magia. Si lo hace, todos sufriremos las consecuencias. Nos transformará en ranas y cerdos verrugones. Serafina, ¡¡¡una bruja!!!

Para mí será el final. Mis tiempos de gloria se habrán acabado. Iré a la cárcel. Esto es el fin.

¿Quién dice que la vida es como una montaña rusa? Qué tontería, es como un trampolín de salto y, cuando estás en el aire, te quitan los esquís para que te des el gran batacazo.

¡Ay!, y a mí que me gustaba tanto ser bruja... Por una vez, todo iba bien en mi vida.

Martes, 23 de mayo

Sí señor, estoy acabada.

Serafina sabe hacer magia. Lo sé. Ayer, en el recreo, BJ le dio a Serafina un libro. Aunque él dijo que era para su hermano, estoy segura de que dentro metió una carta de amor para Serafina.

Probablemente, aún está activo el conjuro para BJ, el oso todavía no se habrá dado cuenta de que ha cambiado de dueña y se está encargando de que Serafina consiga a BJ.

Ella se me acercó y me dijo con voz empalagosa:

—Ah, Yoyocita, tengo una idea de cómo podrías mejorar algo tu aspecto. Colócate una bolsa por encima de la cabeza.

Inmediatamente se marchó y las gallinas la siguieron partiéndose de la risa.

Yo no fui capaz de decir ni una sola palabra. Como ya no tengo mi poder de bruja y ahora lo tiene Serafina...

Es horrible.

Sin mis poderes de bruja estoy perdida. Ahora estoy indefensa y tendré que soportar todo lo que ella quiera, como lo hacen las demás gallinas.

Estaba tan desesperada que hasta le pedí a Flippi consejo. Esto no me había ocurrido nunca. Flippi sólo dijo, como el que no quiere la cosa, que por qué no le decía a Serafina que nos habíamos equivocado de chaqueta y que volviéramos a cambiarlas.

A veces Flippi me pone muy furiosa.

Sobre todo, cuando tiene razón.

A mí no se me había ocurrido. Al haber dejado de ser una bruja, me había entrado tanto pánico que no se me ocurrían ni siquiera las ideas más sencillas.

Pero, claro está, eso no se lo podía decir a Flippi.

Ella se quedó mirándome moviendo la cabeza y me preguntó si la causa de que mi cerebro ya no funcionara era por la pubertad.

Yo le dije que era una tonta y que me dejara en paz y que saliera de mi habitación, pero en realidad era yo la que estaba en su habitación, así que tuve que agachar las orejas y esfumarme.

Las discusiones con Flippi son un caso perdido. Yo tengo cinco años enteros más que ella, pero desgraciadamente eso no me sirve de nada cuando estamos discutiendo. Es denigrante, no hay quien pueda con ella. Ni siquiera mi madre puede con ella.

Esta mañana Flippi le ha preguntado a mi madre si le dejaba pintar su habitación. Mi madre le ha contestado que no. Pues bien, esta misma tarde Flippi se ha puesto a correr los muebles hacia el centro de su habitación y los ha tapado con trapos viejos.

Mi madre le ha preguntado qué estaba haciendo y Flippi le ha contestado que lo estaba preparando todo porque iba a pintar su habitación.

Entonces mi madre ha querido saber si a Flippi le ocurría algo con sus oídos, pues ella no le había permitido pintar su habitación.

A eso, la contestación de Flippi ha sido la siguiente, fría como un polo:

—Ya lo sé. Si todavía no la estoy pintando, pero así, en cuanto cambies de opinión, podré empezar enseguida.

Mi madre entonces le respondió que no pensaba cambiar de opinión, y salió refunfuñando de la habitación.

Por la noche, Flippi empezó a pintar la habitación.

Yo le pregunté si nuestra madre había cambiado de opinión, pero Flippi me contestó que no. Aunque seguramente lo haría cuando viera la nueva decoración de su cuarto.

¿Te lo puedes creer? ¿De dónde saca esta pulga los nervios para montar semejante número? Y lo peor es que siempre se sale con la suya. Estoy completamente segura de que también en esta ocasión lo va a conseguir.

Al principio mi madre no podrá creer lo que ven sus ojos, luego se irá corriendo a consultar uno de sus libros tan formativos sobre educación y empezará a ojearlo como loca. Después dirá que en el fondo ésa es una característica que a Flippi le será de gran ayuda en su futuro. Cuando mi madre habla de *característica,* se refiere a la costumbre de Flippi de ignorar categóricamente las órdenes de mi madre.

A esta mujer no hay quien la entienda, ¿no crees?

No obstante voy a seguir el consejo de Flippi. Simplemente voy a volver a cambiar mi chaqueta.

Miércoles, 24 mayo

Serafina no lleva puesta la chaqueta.

Esto no puede ser. Normalmente llevamos todos nuestras chaquetas cada día. Nuestras madres tienen prohibido lavarlas y si insisten en hacerlo, tiene que ser por la noche. Si no consiguen secarlas durante la noche, nos las ponemos mojadas, para darles una lección.

Dicen que incluso hay madres que a escondidas han comprado una segunda chaqueta, para que no se note cuándo la lavan.

Por eso no puedo entender por qué Serafina viene hoy sin la chaqueta. Tal vez haya hecho magia y la ha convertido en invisible para hacerme rabiar.

Esto es realmente grave. Serafina generalmente tiene más suerte que la mayoría, y por si fuera poco, ahora también es bruja.

La vida es injusta. En todos los sentidos.

Además hoy me he perdido en mi casa un espectáculo único. A mi madre le ha dado casi un infarto cuando ha visto la habitación de Flippi. Se ha enfadado, ha gritado, ha amenazado y hasta ha jurado en hebreo.

Por primera vez en su vida ha reaccionado como una madre normal y yo no estaba allí para verlo. Maldición.

Pero es que Flippi se ha pasado tres pueblos. Quería tener una cueva como la de los Picapiedra.

Mirándolo bien, la habitación de Flippi estaba ya pidiendo a gritos que la volvieran a tapizar y pintar, porque con el paso de los años Flippi les había ido dibujando a las princesitas que bailaban el corro de la patata en el papel pintado de sus paredes, dientes negros, bigotes o parches en los ojos como los que llevan los piratas. Además, había pintado por todas partes monstruos y otros animalitos asquerosos.

Realmente siniestro. Si tenía que entrar a por cualquier cosa en la habitación de Flippi antes de irme a dormir, sabía a ciencia cierta que esa noche iba a tener pesadillas.

De modo que se había decidido por una cueva como la de los Picapiedra y comenzó a pintar las paredes de un color marrón grisáceo pantanoso.

En realidad ella no eligió directamente el color, ya que mi madre no le había dejado comprar pintura. Así que cogió todos los restos de pintura que encontró en el sótano y los mezcló.

Pero como no tenía mucha práctica en eso de pintar, pintó algunas rayas en el rodapié. Entonces el sentido práctico de Flippi le hizo pensar: «Bueno, pues pinto también el rodapié de marrón.»

Y pintándolo manchó algo la puerta, y Flippi pensó: «Bueno, pues pinto la puerta también de marrón.»

Y lo mismo pensó con el pomo de la puerta y la ventana etc., etc.

Resumiendo: la habitación está completamente marrón. Paredes, techo, puerta, la ventana, ¡incluído el cristal!, y hasta la moqueta. Todo está pintado de marrón y es que también cayó algo de pintura sobre la moqueta...

Sinceramente, ha quedado horrorosamente mal. Y esto lo diría incluso en el caso de que Flippi fuera mi hermana preferida.

En una dictadura esta habitación se utilizaría para los interrogatorios. Todos confesarían enseguida, para poder salir cuanto antes de allí.

Flippi estaba muy satisfecha con su trabajo, pero era la única.

Mi madre estuvo pegando alaridos durante horas, se quedó hasta sin voz. Cuando se recuperó un poco, le dijo a Flippi con una voz ronca y baja que saliera inmediatamente de su habitación y se cambiara a la mía.

Genial, ahora me castiga a mí también.

Mi madre ha intentado contratar un pintor para arreglar los daños. Vinieron tres empresas diferentes, pero todas se negaron a devolver la habitación a su estado original.

Entonces Flippi tuvo una idea:

—Por qué no le preguntas a Óscar Liebre, mamá.

Óscar trabaja en el teatro. Es pintor de decorados. Nosotras le conocemos muy bien. Antes venía mucho por casa.

Mi madre y él tuvieron que trabajar juntos una temporada. A veces en su casa, pero la mayoría en la nuestra. En realidad en el teatro no tanto, pero da igual.

De repente, un día dejó de venir. Bueno, en realidad, él llamaba muy a menudo, pero mi madre siempre decía que no tenía tiempo. ¡Anda que mi madre también!, o tienen que trabajar juntos o no tienen que trabajar juntos, y si es así, no puede simplemente decir que no tiene tiempo, ¿no? Pero así es mi madre.

Óscar era genial. Siempre estaba de nuestra parte y los tres juntos llevábamos a mi madre al borde de la locura. En serio, no tenía ni una idea buena, era incluso peor que Flippi. Mi madre se lamentaba preguntándose qué había hecho en su vida anterior para merecer estar rodeada de gente como nosotros.

En fin, la cuestión es que un buen día Óscar dejó de venir y siempre que preguntábamos por él, mi madre se ponía de muy mal humor.

Así que cuando Flippi mencionó a Óscar, mi madre le ladró enseguida que de eso ni hablar. Que estaba harta de las buenas ideas de Flippi. Que ya se sabía en qué acababan y que Flippi hiciera el favor de mantenerse al margen durante un tiempo.

Pero como Flippi tiene esa característica (me refiero a la desobediencia), se fue inmediatamente al teatro y negoció con Óscar.

Estaba algo indeciso y le preguntó a Flippi, por lo menos dos veces, si de verdad nuestra madre estaba de acuerdo.

Flippi dijo que claro, que había sido nuestra madre la que le había enviado allí.

Óscar se puso muy contento y prometió pasar al día siguiente por casa.

A veces me gustaría tener la energía de Flippi.

Ahora mismo se acaba de dormir en mitad de la historia que estaba contando. Y está tan pancha...

No está tan mal pasar una o dos noches con ella en la misma habitación.

Con todo esto de Flippi, casi se me olvida mi propio drama.

Ni siquiera me atrevo a contarle a Klarafina lo del oso. Seguro que piensa que soy una irresponsable. Probablemente ahora me expulsen del club de las brujas por haber perdido mi objeto mágico. Esto es patético, no consigo entrar en ningún club y, cuando por fin entro en uno, me expulsan de inmediato. Qué va a ser de mí. Soy la peor bruja del mundo. Qué digo, si ya ni siquiera soy una bruja.

Jueves, 25 de mayo

Cuando llegué hoy a casa ya estaba allí Óscar. Me alegré mucho de verle.

Mi madre estaba de pie como un pasmarote con la cara roja como un tomate, disculpándose una y otra vez y diciendo que todo era un malentendido y que ella no necesitaba ayuda, que todo estaba en orden y que podía marcharse tranquilamente. Pero Óscar desconfió y no se movió del sitio. Miró a Flippi con cara de interrogante.

Entonces Flippi le arrastró hasta su habitación y le dijo en voz baja que su madre había pintado su habitación y que si no le parecía a él que el resultado era como un grito de auxilio.

Óscar se quedó consternado y prometió firmemente que, en primer lugar, se ocuparía de la habitación, y en segundo lugar, de nuestra madre.

Entonces le eché un cable a Flippi pidiéndole a Óscar que disimulara si mi madre decía que había sido obra de Flippi. Que era mejor dejarla que creyera eso.

En ese instante apareció mi madre en la puerta y dijo con la boca pequeña, bueno, que tal vez no vendría mal volver a pintar la habitación, que Flippi había...

Pero Óscar no la dejó terminar de hablar, sino que le echó el brazo de forma tranquilizadora por encima de los hombros y le dijo que no se preocupara más, que él lo volvería a arreglar todo. Y luego añadió que si no tenía ganas de ir a cenar con él una pizza para desahogarse tranquilamente. Al fin y al cabo debía de ser bastante duro asumir toda la responsabilidad de criar dos niñas ella sola.

Mi madre le dio toda la razón, pero cuando vio que Óscar la miraba tan cariñosamente, volvió a ponerse colorada y dijo que no tenía tiempo de ir a cenar con él.

Probablemente mi madre sufra una *Oscaralergia*. Porque eso es precisamente lo que me pasa a mí con Justus.

Óscar miró a mi madre con aires de comprensión y dijo que bueno, vale, y prometió volver al día siguiente por la tarde para empezar a arreglar la habitación de Flippi.

Mi madre se quedó algo confusa. Tan confusa que cuando Óscar se hubo marchado, se olvidó de regañar a Flippi.

Viernes a mediodía, 26 de mayo

Quiero que me devuelvan mi oso.

Incluso aunque no sea mágico me gustaría recuperarlo. Era tan gracioso. Tengo que recuperarlo como sea.

Pero primero tengo que saber si el oso sigue estando en mi chaqueta.

Justus tiene que ayudarme. Tiene que averiguar por qué Serafina ya no lleva la chaqueta y dónde demonios la ha escondido. Quién sabe, tal vez sólo es invisible mientras está en el colegio y en casa vuelve a ser visible.

Lo único que aún no sé es cómo se lo voy a explicar a Justus. Tal vez lo mejor sea decirle que hemos confundido las chaquetas, le doy la de Serafina y le pido que me devuelva la mía.

El asunto del oso le desconcertaría.

La mayoría de las cosas le desconciertan. Al menos cuando se las explico yo.

Viernes por la tarde, 26 de mayo

Justus lo hará.

Ha sido superfácil. Se lo he dicho como si fuera lo más normal del mundo y él me ha contestado que no hay ningún problema.

Luego me acordé de que en realidad estábamos enfadados y murmuré en voz baja:

—Siento lo del parque.

Él se me quedó mirando y dijo:

—No importa. Estás un poco pasada de rosca, eso es todo.

Yo me quedé mirándole con cara de interrogante y él se apresuró a decir que eso le parecía muy guay.

Eh, a Justus le parezco guay. Soy guay. ¡Por fin! ¡Cuánto tiempo he estado esperando esto!

Llevo queriendo pertenecer al grupo de los guays desde la guardería. Entonces los que eran guays tenían animales de compañía. Tobías tenía una cobaya; Yasmina, una marmota; y Mara, incluso un perro. Por supuesto que yo también quería tener un animal, pero mi madre no me lo permitió.

De modo que cacé dos animales salvajes y los adiestré. ¿Qué otra cosa podía hacer? Se llamaban Pixie y Dixie. Eran tan graciosas, y obedecían a la primera a todo lo que yo les mandaba.

En la guardería yo hablaba mucho de ellas y todos me envidiaban. Un día vinieron Tobías y Mara a mi casa para ver a Pixie y Dixie.

Yo las solté para enseñarles a Tobías y Mara los trucos que había estado ensayando con ellas. Justamente en ese momento entró casualmente mi madre en la habitación y aplastó a Pixie y a Dixie con el matamoscas. De todas formas, Tobías y Mara no habían entendido nada y dijeron que dos moscas corrientes no podían considerarse animales de compañía, y mi madre encima les dio la razón.

Tobías y Mara dejaron de venir a casa a jugar conmigo y contaron en la guardería a todo el mundo la historia de las moscas. Todos se rieron de mí.

Jamás en la vida me había dicho alguien que yo era guay. Por eso necesito recuperar cuanto antes mi oso, para seguir siéndolo.

El primer paso ya está dado. Le he entregado a Justus la chaqueta de Serafina y él se la ha llevado a su casa.

Sábado a mediodía, 27 de mayo

Hace un rato vino Justus y me trajo la chaqueta. Jo, vaya peso que se me quitó de encima, pero ese peso enseguida volvió a anidarse en mi corazón: mi oso no estaba en la chaqueta.

Del disgusto empecé a llorar. Justus se quedó nuevamente desconcertado. A trancas y barrancas fui capaz de decirle que faltaba mi oso. Mi pequeño y gracioso oso favorito. Y que sólo quería recuperar la chaqueta por el oso, porque era mi... oso de la suerte.

Después de eso, Justus volvió a registrar la chaqueta y encontró un cuaderno de BJ.

Yo sollocé aún más. Si BJ guardaba sus cuadernos en la chaqueta de Serafina, yo ya podía empezar a olvidarme de él. Ella debió de descubrir el oso y darse cuenta de su magia, así que seguramente, sin pensárselo dos veces, habrá hecho que BJ se enamore de ella. Pero esto naturalmente no se lo conté a Justus.

Justus en cambio sacó otra conclusión diferente del asunto del cuaderno de BJ. Dijo que se trataba de la chaqueta de BJ.

Y eso me gustó tanto que inmediatamente me la puse.

Justus me lo explicó todo. Ayer estuvo BJ en su casa y debió de confundir su chaqueta con la de Serafina, bueno en realidad con la mía. Por lo tanto, ahora Serafina volvía a tener su chaqueta, y BJ y yo las teníamos cambiadas.

Eso me consoló. Ahora BJ lleva mi chaqueta y

yo la suya. Como una verdadera pareja de enamorados. Esto es fantástico. ¿Hará efecto también en los chicos? ¿Será BJ ahora un brujo?

Justus me dijo que le diera la chaqueta de BJ, que así recuperaría la mía.

Cuando no quise quitarme la chaqueta para dársela, se me quedó mirando con una expresión un poco extraña y me preguntó si estaba segura de no estar colada por BJ.

—Completamente segura —mentí.

Pero sólo fue una mentirijilla de nada, y por eso uno no puede ser castigado.

De todas formas, es probable que no se castigue a nadie por mentir. Seguro que todo eso es una invención de mi madre, porque sus castigos cambian constantemente.

Cuando éramos pequeñas, siempre que mentíamos, nos decía que nos aparecía una cruz blanca en la frente. Cuando ya habíamos crecido lo suficiente para mirarnos en el espejo e insistíamos en querer ver la cruz, empezó a decirnos que cuando mentíamos se nos movían las orejas.

Flippi y yo nos postrábamos delante del espejo y mentíamos como dos villanos, pero nuestras orejas nunca se movían.

Más adelante afirmó que no nos crecerían más las piernas si mentíamos y para corroborar lo dicho añadía un refrán: «Las mentiras son cojas.»

Más tarde me enteré de lo que decía el refrán en realidad: «Se coge antes a un mentiroso que a un cojo.»

Después mi madre se dio por vencida y sólo

nos regañaba diciendo: «No se miente, y ya está.»

Y mucho después, añadió que las mentiras piadosas, o sea mentirijillas, estaban permitidas. Que se consideraban más o menos aceptables. No eran muy bonitas, pero a veces resultaban necesarias.

Eso lo dijo cuando la pille diciéndole a una amiga por teléfono que lo sentía mucho pero que tenía que colgar, porque estaban llamando a la puerta, pero no era verdad ya que yo estaba a su lado y fue ella misma quien llamó al timbre de la puerta y fingió que saludaba muy efusivamente a alguien, cuando lo cierto era que no había nadie delante de la puerta. Pero da igual.

Muy apenada volví a quitarme la chaqueta de BJ y se la entregué a Justus. Y éste se puso en camino. Yo quise acompañarle, pero Justus estaba algo mosqueado y dijo que prefería arreglarlo él solo.

Sábado por la tarde, 27 de mayo

Justus aún no ha regresado.

Seguro que BJ ha descubierto lo del oso y ahora ya no lo suelta. Justus y BJ fundarán un club de brujas y competirán entre sí haciendo magia.

Y otra vez yo me quedo fuera. Es tan injusto. Y eso que el oso es mío.

Ahora Óscar viene casi todas las tardes a nuestra casa. Genial, Óscar es un verdadero encanto.

Ya casi tiene terminada la habitación de Flippi. La mayoría de las veces le ayuda mi madre.

Creo que quiere darle una buena impresión. Ya no nos regaña continuamente, ni quiere saber si tenemos algún problema que ella pueda solucionar.

Y se ha comprado una blusa nueva. Y eso que normalmente nos cose ella misma hasta los estuches para el colegio. Además, ¡se pone esa blusa para pintar! Anda que me dejaría a mí hacer algo así...

Cuando Óscar le dijo que la camisa nueva le sentaba muy bien, pero que era una pena ponérsela para trabajar, ella le contestó:

—Qué va, pero si sólo es un trapo viejo. Si incluso la había seleccionado para dar.

Entonces Óscar le cortó la etiqueta del precio que le asomaba por detrás y mi madre se puso como un tomate. Él se la quedó mirando cariñosamente.

Flippi y yo queremos que Óscar se quede y ya estamos pensando en cuál va a ser la próxima habitación que arruinemos para que mi madre siga necesitando a Óscar por más tiempo, porque la habitación de Flippi ya está casi terminada.

Flippi incluso le ha preguntado a mi madre si no podríamos adoptar a Óscar. Entonces él viviría en casa y nosotras tendríamos un hermano mayor. Es que los padres de Óscar ya no viven ninguno de los dos y él está completamente solo.

Mi madre se quedó un poco aturdida con la propuesta de Flippi y dijo que una adopción no la entusiasmaba demasiado. A ella le parecía algo patético que el hijo fuera mayor que la madre. Además, que siendo así seguro que no le haría caso.

Sábado por la noche, 27 de mayo

Todo arreglado, Justus acaba de estar aquí.

Con mi oso. Casi le beso. A Justus, claro. Pero como no estamos enamorados el uno del otro, naturalmente no lo hice. Además, eso sólo le habría desconcertado aún más.

En cambio, sí besé al oso.

Justus me contó que pasó mucha vergüenza y que de ahora en adelante hiciera el favor de cuidar mejor de mis animales de la suerte. Me contó que BJ casi no podía parar de reír al ver que Justus ahora también hacía de caballero andante, salvador de niños y peluches, y que se estuvo burlando de él todo lo que quiso y más.

Justus me dio mucha pena, pero él no quiso que fuera con él, así que él solito se lo había buscado. Pero claro, eso no se lo dije. A los chicos siempre hay que halagarlos, sobre todo cuando se equivocan.

Yo en cambio le comenté que me parecía genial que hubiera hecho eso por mí. Y él pareció alegrarse mucho por ello. Se alegró tanto que a continuación me preguntó si me apetecía ir al cine.

Estaba tan contenta con mi oso que le dije que sí.

Como ahora ya he recuperado el oso podré pedirle que BJ también aparezca por el cine. Además, como BJ se ha pasado todo un día con mi chaqueta puesta, seguramente estará bajo mi influencia y tendrá que hacer todo lo que yo le pida.

Tal vez a partir de ahora le deje que haga mis deberes, y que se haga cargo de mi servicio de cocina y que limpie el acuario cuando me toque el turno a mí. Y el resto del tiempo tendrá que besarme y decirme que soy la chica más guay que ha conocido en toda su vida.

Flippi sigue hospedada en mi habitación. El arreglo de su habitación avanza lentamente. Óscar viene cada vez menos a trabajar. Ahora mi madre y él tienen bastantes reuniones, porque Óscar tiene que pintar también las demás habitaciones. No puso ninguna objeción cuando mi madre se lo preguntó. Al contrario. Dijo exactamente:

—Claro que sí, cuando quieras.

Y desde entonces, se reúnen para hablar de ello. La mayoría de las veces en el dormitorio de mi madre.

A lo mejor mi madre lo hace para evitar una nueva explosión creativa de Flippi. Y es que Flippi se plantó el otro día en la cocina frente a mi madre con su estuche de acuarelas en la mano y le preguntó si no le gustaría tener una greca de pequeños monstruitos, porque a ella le encantaría pintárselos.

Mi madre se pegó un susto de muerte y le dijo que no era necesario que se molestara tanto. Al fin y al cabo no podía permitir que una niña tan pequeña y tierna realizara un trabajo tan duro, y que mejor disfrutara de la vida y quedara con sus amigas para jugar. Ella mientras tanto le pediría a Óscar que diseñara una greca de monstruitos y que después ya lo discutirían juntos.

Flippi aceptó la propuesta. Y ahora Óscar y mi madre se pasan horas y horas metidos en su dormitorio discutiendo sobre la greca de monstruitos.

Martes, 30 de mayo

Óscar es un verdadero genio. La habitación de Flippi está lista. La ha convertido en una verdadera cueva de los Picapiedra. Hasta ha pintado *piedramuebles* en las paredes, y a Dino y Pebbles, e incluso a Pedro y Wilma.

Pero Flippi protestó por estos dos últimos. Decía que se parecían demasiado a Óscar y a mi madre. Y no le falta razón. Tal y como están pintados, los dos de la mano, y Wilma acurrucada en Pedro. Además, a su alrededor, Óscar ha dibujado cientos de corazoncitos rosas.

Cuando Flippi le preguntó que cómo se le había ocurrido semejante cursilada, Óscar se ruborizó y dijo, mirando de reojo a nuestra madre, que debió de ocurrir en un momento de despiste. Entonces mi madre bajó la mirada y empezó a dibujar con el pie círculos invisibles en el suelo.

Oye, ¿no era ésa la señal de estar....? Pero no, con los adultos seguro que todo funciona de forma completamente distinta.

Miércoles, 31 de mayo

Vaya día el de hoy, increíble.

He estado con Justus en el cine. Cuando vino a recogerme, algo en él me pareció distinto de lo normal. Me costó bastante darme cuenta de qué era: Justus se había peinado, cosa que normalmente no hace nunca.

Para ser exactos él es el que dice siempre que nunca se peina. Pero yo calculo que necesitará por lo menos una hora para conseguir que su pelo tenga ese aspecto tan revuelto y despeinado.

La cuestión es que hoy llevaba otro peinado. Uno que tenía aspecto de peinado. Cuando le pregunté por ese cambio de aspecto, lo negó con un movimiento de mano, y me dijo:

—Son tonterías, tiene el mismo aspecto de siempre.

De camino hacia el cine me volví a acordar de que había pensado hacer magia para que BJ también apareciera en el cine. Pero de repente tuve la sensación de que BJ podría molestar. Yo no sabía muy bien en qué ni cómo, pero opté por dejar a BJ donde estuviese.

En el cine, Justus me compró palomitas y una Coca Cola y buscó un sitio bastante atrás en un rincón un poco escondido.

Cuando se apagaron las luces, estiró los brazos hacia arriba y luego los dejó caer sobre los respaldos de los asientos a ambos lados. Después se sentó un señor muy gordo a su lado y Justus retiró rápidamente su brazo de ese lado. El otro brazo lo dejó apoyado sobre el respaldo de mi asiento. Él me preguntó si me importaba que cambiase su Coca Cola a mi lado. Y yo estuve muy amable y le contesté que era una buena idea, porque el hombre que se había sentado junto a él tenía pinta de estar muy sediento y seguramente se bebería su Coca Cola.

Justus colocó su bebida en mi sitio. Siempre que tenía que beber, cosa que ocurría con bastante frecuencia, se inclinaba por encima de mí para llegar a la botella, y siempre tomaba traguitos muy pequeños, y además, muchísimos.

Yo no tenía ni idea de qué hacer con mis brazos.

Quería aparentar estar tan relajada como Justus y también puse mi brazo sobre el respaldo del asiento. Es decir, lo intenté. Porque al hacerlo le di un manotazo a Justus y le tiré las palomitas. Después de eso ya no lo intenté más veces.

Justus no dijo nada.

Luego apoyé mi mano al lado de mi Coca Cola, que estaba entre Justus y yo.

De repente sentí algo en mi mano. Me asusté, porque en ese momento aparecía una rata en la película y pensé que también era una rata. Di un grito y retiré rápidamente mi mano, pero, desgraciadamente, al hacerlo le tiré a Justus mi Coca Cola por encima de su pantalón.

Nuevamente Justus no dijo nada.

Me dio muchísimo corte, sobre todo cuando me di cuenta de que no se trataba de una rata, sino de la mano de Justus que me había rozado.

Después de eso Justus bajó su brazo de mi respaldo y dejó de beber de su Coca Cola.

Yo me agarré con las dos manos a mis palomitas y me sentí fatal. «Lo mejor será que me concentre en la película», pensé.

La película estaba muy emocionante y por unos segundos se extendió un silencio sepulcral por toda la sala. Entonces pudo oírse claramente a alguien comer y tintinear con una cuchara sobre el cristal de una copa.

Justus se giró y me empujó levemente con el codo.

—Mira quién está en la fila de atrás —me susurró.

Yo me giré y casi no pude creerlo. ¿Quién era la que estaba sentada perpendicularmente a nosotros? Pues Klarafina. Con una copa de helado en la mano.

Ella se echó hacía delante y me dijo:

—Yoyo, qué bien que nos veamos. Tengo que hablar contigo sobre algo muy importante.

Yo le contesté si eso no podía esperar a más

tarde, pero ella insistió en que tenía que ser ahora mismo.

Y como la gente a nuestro alrededor ya empezaba a impacientarse y a hacer psst, me fui con Klarafina fuera de la sala. Justus quiso venir con nosotras, pero Klarafina le cogió por los hombros y lo volvió a sentar en su asiento diciéndole:

—Cosas de mujeres.

Klarafina y yo nos sentamos en unas escaleras, y ella sacó de su bolso una copa de helado para mí y otra para ella. Entonces me dijo que tenía que hablar conmigo sobre algo muy importante y que era un tema muy peliagudo. Se trataba de chicos.

Yo temía que quisiera hablarme de sexo y le repliqué que ya lo sabía todo sobre eso, que mi madre me lo había explicado cuando tenía siete años y que en el colegio también habíamos dado ese tema.

Klarafina se quedó muy sorprendida de que en el colegio hubieran incluido la asignatura de Ética de Brujas.

—¿Ética de Brujas? —repetí.

—Sí, las normas básicas de lo que una bruja puede hacer y lo que no debería hacer bajo ningún concepto —me explicó Klarafina.

A ella le tranquilizó cuando le dije que pensaba que se refería a otra cosa y que en el colegio hasta ahora no habíamos dado nada sobre Ética de Brujas. Pero, quién sabe, tal vez lo dábamos en los cursos superiores.

—Para entonces podría ser demasiado tarde —opinó Klarafina.

—¿Pero qué ocurre? —le pregunté.

Klarafina empezó a hablar en clave.

—Bueno —dijo—, tengo la impresión de que estás a punto de quebrantar el más sagrado mandamiento de las brujas.

—¿Cuál es? ¿Ir al cine? ¿Comer palomitas? ¿Tirar la Coca Cola?

—No, no, tiene que ver con los chicos.

Bueno, eso se estaba poniendo interesante. Últimamente, todo lo que tiene que ver con los chicos me resulta interesante.

—Bueno, entonces, ¿qué es?

Klarafina suspiró profundamente, y optó por tomarse primero una buena cucharada de helado.

Debía de darle mucho corte hablar de esto, porque murmuró de forma casi inaudible:

—Las brujam no mesan.

—¿Cómo? ¿Las brujas no pesan?

Klarafina movió la cabeza. Aspiró profundamente, habló más bajito todavía, pero esta vez más claro:

—Las brujas no besan.

—¿Que las brujas no besan? ¿Qué dices? No entiendo lo que quieres decir con eso.

—El caso es el siguiente. Tienes que decidirte, Yoyo. Si besas o te besan, pierdes tu poder de bruja.

—No me lo creo —le respondí.

—Pero así es —me contestó ella.

—¿Pero qué estupidez de mandamiento es ése?

—Siempre que se obtiene un don especial, hay que hacer algún sacrificio. Y las brujas no deben besar, de lo contrario se acabó lo de su brujería.

—¿No debo besar jamás de los jamases?

—¡Jamás de los jamases!

—¿Ni siquiera un solo beso?

—Ni uno solo.

—¿Hasta el final de mis días?

—Hasta el final de tus días.

—¿Y se puede saber cómo demonios tienen las brujas niños?

—Las brujas no tienen niños. Escogen a una niña con talento y le regalan un objeto especial, con el que puedan hacer su magia. Pero naturalmente sólo mientras no hayan sido besadas.

Vaya, esto sí que es gordo. Yo señalé a Matilde, Klarafina asintió. O sea que esto es el oso de Klarafina, por así decirlo.

La película terminó y Justus vino con nosotras. Justus quería proponer que fuéramos juntos a comer un helado, pero Klarafina se escabulló.

En su lugar apareció de repente Serafina. Justus le preguntó si le había gustado la película. Y ella le contestó que la película le había resultado bastante aburrida, pero que en cambio aquí afuera había sido todo bastante más interesante. Al pasar por mi lado me dijo en voz baja:

—Saluda a tu amiga de mi parte.

No tengo ni idea de a qué se refería.

Durante todo el camino a casa me tronaban en los oídos las palabras de Klarafina: «Las brujas no besan, las brujas no besan, las brujas no besan...»

Y Justus a mi lado no paraba de hablar y de hablar. Creo que estuvo contándome el final de la película. Pero lo cierto es que me daba completamente igual cómo acababa. Lo que me preguntaba es cómo acabaría mi vida.

Cuando llegamos a la puerta de mi casa, Justus me echó el brazo por encima de los hombros. Yo, espantada, solté un grito, porque pensaba que iba a besarme. Justus también se asustó y me preguntó que qué me pasaba.

Estaba tan asustada que le contesté:

—A las brujas no se les besa.

Justus puso los ojos en blanco y dijo que al parecer había comido demasiadas palomitas.

Sí, señor, eso ha debido de ser, corroboré yo. Una vez un médico descubrió que yo reaccionaba a las palomitas como a una droga y que en realidad no debía comerlas. Lo mismo que con los panecillos de anises, con un solo mordisco, me voy a las nubes.

Justus hizo el esfuerzo de una leve sonrisa y dijo que ahora sí que se tenía que ir a casa.

Me alegré de estar por fin sola. Al fin y al cabo tenía que tomar una decisión muy importante.

Cuando pienso en que todo en lo que he estado trabajando durante semanas podía arruinar mi vida... Es increíble. ¿Y cuántas veces había estado a punto de ser besada? Al menos dos veces con BJ.

No, si al final voy a tener que darle las gracias a Flippi. He tenido suerte.

¿Pero qué digo suerte? No podré besar nunca a BJ. ¿Para qué seguir viviendo? Vaya asco. Con la ilusión que me hacía a mí el primer beso.

Pero renunciar al poder de la magia, eso nunca. Ahora que por fin empezaba a salir todo bien en mi vida. Bueno, casi todo.

Quién no desea poder hacer magia, y yo puedo.

Cómo voy a renunciar a ello por un estúpido beso.

Claro que no. Además, ¿qué tiene BJ de extraordinario para que haya que besarle a toda costa?

¡BJ no tiene nada de extraordinario!

Lo mejor será que no vuelva a quedar con chicos, así no podrá pasar nada.

Pero, de repente, me acordé de Justus y empecé a llorar.

No lo entiendo: estoy enamorada de BJ y, cuando pienso en Justus, me entran ganas de llorar.

Tal vez tenga que ver con que me lo paso mucho mejor cuando estoy con él. No es sólo porque sea más amable conmigo que BJ, Justus también es más gracioso. En realidad, BJ sólo es guay, y nada más.

Oh, no, probablemente me haya enamorado del chico equivocado. Qué mala suerte la mía. Esto sólo podía ocurrirme a mí: que no me guste tanto el chico del que estoy enamorada como el chico del que no estoy enamorada.

Debe de ser la pubertad. No, si al final, ya verás cómo me entra a mí también.

Pero una cosa está clara: yo jamás besaré. ¡Seré siempre una bruja!

Sí, señor, seré siempre una bruja.

Jueves, 1 de junio

Justus me evita.

Y todos los demás chicos me persiguen como tontos. Se comportan como verdaderos memos. ¿Se habrán vuelto todos locos? Igual les ha entrado la pubertad a todos a la vez.

Manuel se me acercó en el recreo, me echó el brazo por encima, y me susurró:

—Hola, Yoyo —y luego, intentó darme un beso. En serio.

Yo di un brinco a un lado, con ello atropellé a Torsten y entonces fue éste el que intentó besarme. Yo le propiné un puñetazo en un ojo y a Manuel le pegué una bofetada, porque aún seguía ahí con cara de querer volver a intentarlo.

Luego se fueron los dos escopeteados a Serafina y le dijeron que era una idiota.

Dos chicos de cuarto de Secundaria también se acercaron a Serafina, miraron en mi dirección y le preguntaron:

—¿Es ésa?

Serafina asintió y los dos vinieron hacia mí. El uno preguntó:

—Eh, ¿eres Yoyo? Qué guay. ¿Quieres venir conmigo al cine?

El otro empujó a su colega a un lado y le dijo que él había llegado primero. Entonces esos dos empezaron a discutir y yo me quité de en medio.

Después, Serafina se acercó a los dos chicos y empezó a insultarles, diciendo que eran unos ineptos y unos estúpidos.

En fin, si a mí me parece fenomenal que los chicos estén locos por mí, pero Serafina tiene algo que ver en todo esto y eso no me da muy buena espina.

Cuando le conté todo a Linda, ésta dijo que posiblemente todo eso era una buena señal y que Serafina, si había visto que de repente era tan popular, podría estar pensando en admitirme muy pronto en su club.

En fin, tal vez Linda tenga razón.

Lunes, 5 de junio

¡Por fin!

¡Ya pertenezco a las chicas guays! ¡Ay, si ya lo sabía yo!

Hoy me ha hablado Serafina y estuvo empalagosamente amable. Me preguntó si quería entrar en su club.

Por fin.

—Claro —contesté yo.

—Vale —dijo ella—, en ese caso, a partir de ahora eres nuevo miembro de mi club.

Pero añadió que antes debía liquidar un pequeño detalle, y que, en realidad, sólo era un detalle muy insignificante.

—El qué, venga, dilo, que como quien dice ya está hecho.

—Bueno —dijo—, todos los miembros del club tienen que entregar a su ingreso un viejo peluche, como símbolo de que ya no se es ningún bebé y de que se está dispuesto a sacrificar a su más preciado peluche.

—No hay problema, puedo ofrecer un viejo perro con ojos azules de botones, un mono con velcro en las patas, que se le queda a uno agarrado al cuerpo o un canguro muy gracioso. ¿Qué prefieres?

—Tu oso.

—¡¿Mi oso?!

—Así es.

Del susto me empecé a sentir mal. Cómo se le ha podido ocurrir tal cosa. ¡Precisamente mi oso!

Gracias a Dios que sonó el timbre para la siguiente clase. Yo enterré a mi oso en lo más profundo de mi bolsillo y le dije que hoy no lo había traído. Que se lo daría mañana.

Serafina sonrió con aire triunfal.

Martes por la mañana, 6 de junio

No he podido dormir en toda la noche.

El asunto del oso me pone muy triste. Pero cómo voy a dar a mi oso.

¿Qué voy a hacer? Por fin tengo la oportunidad única de pertenecer a los niños *in* y tengo que sacrificar a mi oso por ello. Lo daría todo, menos mi oso, porque eso significaría dejar de hacer magia.

Pero tal vez haya que hacer sacrificios cuando se quiere conseguir algo.

Martes por la noche, 6 de junio

Hoy ha ocurrido la cosa más extraña.

Serafina se me acercó para preguntarme si había traído el oso. Para ganar tiempo, yo hice como si estuviera muy desolada y le dije que se me había olvidado y que aún no estaba segura de si debía realmente hacer una cosa así.

Serafina se enfadó un poco y dijo que no mantendría su oferta por mucho más tiempo.

Y luego, ocurrió lo siguiente: BJ estaba con unos cuantos chicos en un corro y cuchicheaban. Sí, sí, los chicos también cuchichean.

Más tarde BJ les dijo a los demás chicos:

—Ésa es una forma muy fácil de ganar dinero.

Se nos acercó a Serafina y a mí, muy chulo él, cogió a Serafina con fuerza en sus brazos y la besó.

Yo me quedé perpleja. Estaba esperando que se me rompiera el corazón, pero nada de eso ocurrió. Qué extraño, ¿no? El chico del que estoy enamorada besa a mi más ferviente enemiga y yo no siento absolutamente nada. Además, ¿por qué ha besado a Serafina, así de esta forma y delante de todos?

Seguro que ha perdido alguna apuesta. «Éste no hace algo así voluntariamente», pensé.

Pero después la cosa aún se puso mejor. Cuando BJ terminó de besarla, le extendió la mano a Serafina diciéndole:

—Vale, esto ya está. Y ahora suelta los treinta talegos.

Pero cómo, ¿que a BJ hay que pagarle treinta euros por un beso?

Jo, pues menos mal que lo de BJ y yo no ha funcionado, si no ya estaría sin blanca.

Serafina tampoco parecía muy contenta, porque le dio una bofetada a BJ y le empezó a ladrar que era un completo idiota.

—A mí, no, era a ésta.

Y al decir «ésta», me señaló a mí con el dedo.

—Oh —dijo BJ—, ¡ha sido un malentendido!

Entonces quiso venir hacia mí, pero Serafina le largó antes otro guantazo y le gritó que le había arruinado la vida.

Serafina empezó a llorar desconsoladamente, y BJ quiso saber si todavía me tenía que besar o no.

Pero Serafina se largó y yo, por si acaso, le enseñé a BJ mis puños, me puse en posición de combate y le bufé:

—Ni se te ocurra.

BJ sólo se encogió de hombros y se marchó.

Y de repente lo vi todo claro.

Esa miserable y malévola rata callejera les había ofrecido dinero a los chicos del colegio para que me besaran. Serafina debió de escuchar la conversación entre Klarafina y yo en el cine. Quería que yo perdiera mi poder mágico y conseguir mi oso.

Jo, tío, y casi caigo en su trampa.

Pero una cosa tengo ahora muy clara: ya no estoy enamorada de BJ, de eso estoy segura. Entre BJ y yo se acabó todo.

Es una pena que Justus ya no se deje ver. Desde el asunto del cine no me ha vuelto a llamar. Y cuando nos vemos en el recreo y yo le digo «Hola», él sólo me responde escuetamente y sigue su camino.

Miércoles por la tarde, 7 de junio

No me lo puedo creer. Esto no puede ser cierto.

He llegado a casa y todo estaba en silencio. Pensaba que no había nadie y cuando he ido a la cocina para ver qué tal iba la greca de monstruitos. He entrado, y ¿qué he visto?

¡A mi madre y a Óscar! ¡¡¡Besándose!!!

He debido de gritar del susto, porque los dos han dejado de besarse inmediatamente. Se han acercado a mí, intentando tranquilizarme y me han preguntado qué era lo que me ocurría.

Al principio no he sido capaz de pronunciar ni

una sola palabra. Pero después les he recriminado su escenita, qué se creían. ¡Que ellos ya no eran ningunos adolescentes! Y que además iban a perder sus poderes mágicos.

Me han debido de ver bastante confusa, porque mi madre me ha metido en la cama. Durante horas ha estado sentada a mi lado poniéndome paños húmedos en la frente y haciéndome tragar manzanilla.

He llorado mucho y no he dejado de decir que era muy injusto que mi madre pudiera besar y yo no.

Mi madre ha estado muy cariñosa conmigo y por eso le he contado todo: lo de BJ y Justus.

Ella me ha preguntado si no podía ser que en realidad estuviera enamorada de Justus.

Yo lo he negado. Nadie está enamorada de Justus. Bueno, como mucho Linda, pero ésa cada semana está enamorada de uno distinto. Justus no pertenece necesariamente a los chicos guays. Ésos son BJ y los chicos del grupo de música. De ellos es de los que una se enamora si quiere ser guay.

Mi madre me ha dicho que lo mejor era que descansase y entonces ha vuelto con su queridísimo. Sí, ella tiene suerte, está enamorada y puede besar tanto como quiera.

Mientras descansaba, he estado pensando otra vez en todo el asunto y he llegado a la conclusión de que posiblemente uno se enamora sin proponérselo previamente. Así, sin más. Se conoce a alguien, se encuentra agradable y... ¡Ya está! Uno se ha enamorado. Quiera o no.

Y también podría ser que eso es lo que me ha pasado con Justus. En cuyo caso estaría enamorada de Justus y no de BJ. Porque de lo contrario el otro día cuando BJ besó a Serafina, se me tendría que haber partido el corazón. Eso lo pone en cualquier novela: «Su corazón se partió cuando le vio con otra.»

El que siempre esté tan nerviosa y me ocurran cosas tan patosas cuando estoy con Justus, también debe de ser una señal de amor.

Y el cosquilleo en el estómago tampoco es una alergia, sino amor.

Todo apunta a que estoy enamorada de Justus. Y ahora tengo que decirle que lo nuestro no puede ser, porque de lo contrario perdería mi poder de bruja.

A no ser que él esté de acuerdo con no besarme jamás.

¡Si de verdad me quiere lo hará!

De repente me di cuenta de que en realidad yo no sabía si Justus también estaba enamorado de mí. Nunca me había fijado en ello, como siempre tenía sólo a BJ en el punto de mira.

Y de pronto me entraron nuevamente ganas de llorar, porque si Justus no me quiere, entonces lo nuestro sería una historia de amor muy triste.

Miércoles por la noche, 7 de junio

No me es fácil admitirlo, pero le he preguntado a mi madre cómo podría averiguar si Justus está enamorado de mí o no.

Dios mío, tengo que estar muy desesperada cuando le pregunto a mi propia madre por algo así.

Pero en asuntos de amor, parece estar bastante más informada de lo que yo siempre he creído.

Bueno, la cuestión es que me dijo que ella estaba segura de que yo le gustaba mucho a Justus. Quien pasa voluntariamente tanto tiempo conmigo como lo ha hecho Justus, a ése le tengo que gustar a la fuerza.

Estuvo realmente encantadora y casi normal. Por primera vez no se hizo reproches de haberlo hecho todo mal y tampoco le echó la culpa a mi padre.

En fin, si Justus también me quiere, ya sólo tengo que decidir sobre la cuestión del beso.

¿Debo besar a Justus o no?

Si quiero besar a Justus, le beso y ya está. ¡Para qué necesito yo el poder de las brujas! Si en la vida es mucho más importante poder ser besada.

¡Mañana besaré a Justus!

Jueves, 8 de junio

Esta mañana ya volvía a ser capaz de pensar claramente y he tomado otra decisión:

¡No voy a besar a Justus!

Quiero seguir siendo una bruja.

En el recreo del colegio he hablado con Justus.

Le he explicado que estaba enamorada de él y que estaba dispuesta a casarme con él, pero que desgraciadamente no podría besarle jamás.

Justus se quedó bastante sorprendido, pero dijo que por él valía. Que para empezar, tal vez podríamos conformarnos con ir de vez en cuando juntos al cine o a algún concierto o a un partido de baloncesto.

Yo dije que sí, que eso estaba muy bien y que eso sí que podía hacerlo.

Gracias a Dios que no me preguntó por el motivo.

Él de por sí ya piensa que soy algo rara y mis numerosas explicaciones sólo le desconciertan.

¡Ay! Estuvo taaaan encantador.

Pero entonces pasó algo terrible.

Bueno, en realidad no fue para nada terrible.

Acababa de terminar con mi fabuloso discurso, cuando Justus se me quedó mirando muy cariñoso, más o menos como Óscar mira siempre a mi madre. Y entonces ocurrió.

¡Yo besé a Justus!

¡Yo a él! ¡Y eso que no me está permitido besar!

Pero fue la sensación más bonita de mi vida.

Me sentí completamente feliz. Y Justus, también. Y tampoco me importa ya que no pueda hacer magia.

¿Y ahora qué ocurrirá con el oso?

Podría dárselo a Serafina.

Así me aceptará en su club y como ya ha sido besada no podrá hacer ninguna fechoría con él.

Viernes, 9 de junio

Bien, ahora ya está todo arreglado. He regalado el oso.

No me ha resultado fácil, pero podré verle todos los días. Y como conmigo ya no funciona...

Estoy segura de que he tomado la decisión más correcta.

Flippi se ha puesto muy contenta.

¡Sí, Flippi! ¡Se lo he regalado a mi hermana!

Al final no se lo he dado a Serafina, a ese engreído pavo real. Ésa se puede meter su absurdo club donde le quepa.

Ahora yo ya soy adulta.

Justus va a venir enseguida a recogerme, vamos a ir de *picnic.*

Y esta noche ha ocurrido otra cosa genial: ¡me ha salido la primera espinilla! A mí me parece que tiene un aspecto muy gracioso, está directamente al lado de la nariz. La llamaré Puntito. Y cuando me salga otra la llamaré Antoñita. Y a la próxima la llamaré... Bah, creo que no debería preocuparme tanto por estas cosas. En realidad, no necesito tantas espinillas, con una o dos ya es suficiente.

Flippi quería hacer magia para que Óscar y mi

madre se casasen. Pero yo dije que deberíamos darles un voto de confianza para ver si lo conseguían por sí solos. Les daremos una semana de tiempo, si hasta entonces no se han casado, Flippi hará magia con ellos.

Mañana me encontraré con Klarafina para presentarle a Flippi como mi sustituta, por así decirlo.

Con Flippi no hay peligro de que bese a un chico. Ella como mucho les da puñetazos en el estómago.

Porque a ella los chicos le parecen todos completamente bobos.

Todavía.

Flippi me ha dicho que cuando yo tenga un deseo muy fuerte, que ella hará magia para que se me cumpla.

Pero probablemente ya no necesite ninguna magia. Porque cuando uno quiere algo de verdad, lo consigue incluso sin magia. Sólo hay que desearlo con fuerza.

Bueno, y a veces también salen cosas que uno no deseaba, pero que al final son mejores que ésas que uno deseaba.

Y cuando uno se enfada por todas esas cosas que uno quiere y no consigue, debería pensar que también hay cantidad de cosas que uno no quiere y que por suerte no tiene.

Esto vuelve a sonar bastante desconcertante, debe de ser por la pubertad. Creo que ahora sí que la tengo.

Este libro se acabó de imprimir en Barcelona,
en las Escuelas Gráficas Salesianas.